Las Valkirias

Las Valkirias

PAULO COELHO

TRADUCCIÓN DE PILAR OBÓN

Vintage Español
Una división de Random House, Inc.
Nueva York

Para el nombre que fue escrito
el 12 de octubre de 1988,
en Glorieta Canyon

Oh, María, sin pecado concebida, ruega por nosotros
que a Ti recurrimos. Amén.

Y un ángel descendió donde ellos estaban y la gloria del Señor brilló alrededor de ellos.

Lucas, 2,9

Prólogo: 25 de julio de 1988

J. y yo nos juntamos a cenar en una playa de Copacabana, Río de Janeiro. Con toda la alegría y el entusiasmo de un escritor que estaba publicando su segundo libro, le entregué un ejemplar de *El Alqumista*. Le expliqué que el libro estaba dedicado a él, que era mi forma de agradecerle todo lo que había aprendido a lo largo de nuestros seis años de convivencia.

Dos días después lo acompañé al aeropuerto. Él ya había leído parte del original, y me llamó la atención algo que dijo: "Todo lo que ocurre una vez, puede no volver a suceder jamás. Pero todo lo que ocurre dos veces, terminará sucediendo una tercera". Le pregunté qué quería decir con eso. Me explicó que ya había tenido dos oportunidades de vivir mi sueño, y que había terminado destruyéndolo. Citó parte de un poema de Óscar Wilde:

> *Destruimos siempre aquello que más amamos*
> *en campo abierto, o en una emboscada;*
> *algunos con la ligereza del cariño*
> *otros con la dureza de la palabra;*
> *los cobardes destruyen con un beso,*
> *los valientes destruyen con la espada.* *

* Óscar Wilde, *Balada de la cárcel de Reading*

Le pregunté lo que quería decir con eso. J. me sugirió hacer los "Ejercicios espirituales" de san Ignacio de Loyola en un lugar aislado, ya que el éxito llena a las personas de culpa y alegría al mismo tiempo, y yo debía estar preparado para lo que me ocurriría a partir de entonces.

Fue cuando yo dije que uno de mis sueños era pasar 40 días en un desierto, y él pensó que era una excelente idea. Sugirió que fuera a Mojave, en los Estados Unidos, donde conocía a una persona que podría ayudarme a aceptar lo que amo: mi trabajo.

El resultado de esa vivencia está en *Las Valkirias*. Los eventos narrados en este libro ocurrieron entre los días 5 de septiembre y 17 de octubre de 1988. He cambiado el orden de algunos pasajes, y utilicé la ficción en dos ocasiones, sólo para que el lector pudiera comprender mejor los temas que se tratan, pero todos los hechos esenciales son verdaderos. La carta citada en el epílogo del libro está registrada en el Archivo de Títulos y Documentos de Río de Janeiro, con el número 478038.

Las Valkirias

H abía estado conduciendo durante casi seis horas. Por enésima vez, preguntó a la mujer a su lado si aquél era el camino correcto.

Por enésima vez, ella consultó el mapa. Sí, era el camino correcto. Aun cuando alrededor todo fuera verde, con un bello río fluyendo y árboles a cada lado de la carretera.

—Sería mejor detenernos en una gasolinera y preguntar —dijo ella.

Siguieron adelante sin conversar, escuchando antiguas canciones en una estación de radio. Chris sabía que no era necesario parar en la estación de gasolina, porque iban por buen rumbo —aunque el escenario a su alrededor les mostrara un paisaje completamente diferente—. Pero conocía bien a su marido: Paulo estaba tenso, desconfiado, pensando que ella estaba leyendo el mapa de manera equivocada. Estaría más tranquilo si le preguntara a alguien.

—¿Por qué vinimos acá?

—Para que yo pueda cumplir con mi tarea —respondió él.

—Extraña tarea —dijo ella.

"Realmente muy extraña", pensó él.

Hablar con su ángel de la guarda.

—TÚ VAS A CONVERSAR con tu ángel —dijo ella después de algún tiempo—. Pero ya que estamos en eso, ¿qué tal si conversas un poco conmigo?

Él continuó callado, concentrado en la carretera, posiblemente creyendo que ella había equivocado el camino. "De nada sirve insistir", pensó ella. Rogó para que pronto apareciera una gasolinera. Habían salido directo del aeropuerto de Los Ángeles a la carretera. Ella tenía miedo de que Paulo estuviese demasiado cansado y cabeceara en el volante.

Y el maldito lugar no llegaba nunca.

"Debí haberme casado con un ingeniero", se dijo a sí misma.

Nunca se acostumbraría a aquello: dejar todo de repente para ir en pos de caminos sagrados, espadas, conversaciones con ángeles; hacer todo lo posible por seguir adelante en el camino de la magia. "Él siempre tuvo la costumbre de abandonar todo, incluso antes de encontrar a J."

Recordó el día en que salieron juntos por primera vez. Se habían ido casi de inmediato a la cama, y en una semana ella ya había llevado su mesa de trabajo al departamento de él. Los amigos comunes opinaban que Paulo era un brujo, y cierta noche Chris telefoneó al pastor de la iglesia protestante que frecuentaba, pidiéndole que rezara por ella.

Sin embargo, durante el primer año él no habló de magia ni una sola vez. Trabajaba en un estudio de grabación, y eso era todo.

Al año siguiente, la vida continuó en la misma forma. Él renunció y entró a trabajar en otro estudio de grabación.

Al tercer año él volvió a renunciar (¡qué manía de dejarlo todo!) y decidió escribir guiones para la televisión. Ella pensaba que aquello era extraño, cambiar de empleo cada año; pero él escribía, ganaba dinero y vivían bien.

Hasta que, al final del tercer año, resolvió —otra vez— dejar su empleo. No explicó nada, sólo dijo que estaba harto de lo que hacía, que no tenía sentido estar renunciando, cambiando de un empleo a otro. Necesitaba descubrir qué era lo que quería. Habían ahorrado algún dinero y decidieron salir por el mundo.

"En un auto, exactamente como ahora", pensó Chris.

Se habían encontrado con J. en Ámsterdam, mientras tomaban un café en el Brower Hotel y contemplaban el canal Singel. Paulo se puso lívido y ansioso cuando lo vio, y finalmente reunió valor y fue hasta la mesa de aquel señor alto, de cabello blanco y vestido de traje. Aquella noche, cuando volvieron a estar solos, él se bebió una botella completa de vino —era débil para la bebida; rápidamente se puso ebrio— y sólo entonces confesó que, durante siete años, se había dedicado a aprender magia (aunque ella ya lo sabía: los amigos se lo habían contado). Entretanto, por alguna razón —que él no explicó, aun cuando ella se lo preguntó varias veces— había estado abandonándolo todo.

"Dos meses atrás tuve la visión de este hombre, en el campo de concentración de Dachau", dijo, refiriéndose a J.

Ella recordaba aquel día. Paulo había llorado mucho, diciendo que escuchaba un llamado pero que no sabía cómo responder.

"¿Debo volver a la magia?", se preguntó.

"Debes hacerlo", había respondido ella, sin tener certeza de lo que decía.

Todo había cambiado desde aquel encuentro con J. Eran rituales, ejercicios, prácticas. Eran largos viajes con J., siempre sin fecha precisa para regresar. Eran encuentros prolongados con hombres extraños y mujeres bellas, todos con un aura de enorme sensualidad vibrando en torno a ellos. Eran desafíos y pruebas, largas noches sin dormir y largos fines de semana sin salir de casa. Pero Paulo estaba mucho más contento —ya no vivía renunciando—. Crearon juntos una pequeña editorial y él logró realizar un antiguo sueño: escribir libros.

F inalmente apareció una gasolinera. Una muchacha de rasgos indios acudió a atenderlos. Se bajaron para caminar un poco mientras la joven llenaba el tanque del auto.

Paulo tomó el mapa y verificó la ruta. Estaban en el camino correcto.

"Ahora está relajado. Va a conversar conmigo", pensó ella.

—¿J. te mandó a encontrarte con tu ángel *aquí*? —preguntó, con sumo cuidado.

—No —dijo él.

"Qué bien, me respondió", pensó ella mientras observaba la brillante vegetación. El sol comenzaba a descender. Si no hubiese mirado varias veces el mapa, también dudaría de que estuvieran en el camino adecuado. Debían faltar menos de diez kilómetros para llegar y aquel escenario parecía decir que todavía estaban lejos, muy lejos.

—J. no me dijo que viniera aquí —continuó Paulo—. Cualquier sitio serviría. Pero en este lugar tengo un contacto, ¿entiendes?

Claro que ella entendía. Paulo siempre tenía contactos. Él se refería a esas personas como miembros de la Tradición; pero ella, cuando escribía en su diario, los llamaba de la "Conspiración". Había más brujos y hechiceros de lo que la gente imaginaba.

—¿Alguien que habla con los ángeles?

—No estoy seguro. Alguna vez J. se refirió, muy de pasada, a un maestro de la Tradición que vive aquí y que sabe cómo conversar con los ángeles. Pero puede ser sólo un rumor.

Tal vez estuviera hablando en serio. No obstante, Chris sabía que él podía haber buscado un lugar, uno de los muchos donde tenía "contactos". Un lugar donde estuviese alejado de la vida diaria y pudiese concentrarse más en lo Extraordinario.

—¿Y cómo vas a hablar con tu ángel?

—No lo sé.

"Qué extraña manera de vivir", pensó. Siguió a su marido con los ojos mientras él se dirigía a la muchacha india para pagar la cuenta. ¡Sólo sabía que necesitaba hablar con los ángeles, y eso era todo! Dejar lo que estaba haciendo, tomar un avión, viajar doce horas hasta Los Ángeles, conducir seis horas hasta aquella gasolinera, armarse de la paciencia suficiente para quedarse cuarenta días por ahí, ¡todo esto para hablar —o, mejor, intentar hablar— con su ángel de la guarda!

Él le sonrió y ella le devolvió la sonrisa. Al fin y al cabo, no era tan malo. Tenían sus disgustos diarios, tenían que pagar las cuentas, extender cheques, visitar a la gente por pura cortesía, tragar cosas difíciles.

Pero todavía creían en los ángeles.

—Lo vamos a lograr —dijo ella.

—Gracias por el "vamos" —respondió él—. Pero el mago aquí soy yo.

LA MUCHACHA de la gasolinera dijo que iban bien. Condujeron otros diez minutos, esta vez con la radio apagada. Había una pequeña elevación, pero sólo cuando llegaron a la cima y contemplaron el paisaje allá abajo, advirtieron qué tan alto estaban. Habían pasado aquellas seis horas subiendo despacio, sin sentirlo.

Habían llegado.

Él estacionó el auto en el acotamiento y apagó el motor. Ella todavía miró hacia atrás, para ver si era verdad: sí, podía ver árboles verdes, plantas, vegetación.

Frente a ellos, Mojave se extendía por todo el horizonte. El enorme desierto que se esparcía por cinco estados de Norteamérica, que entraba por México; el desierto que ella vio tantas veces en las películas de *cowboys* cuando era niña; el desierto que tenía lugares con nombres extraños como Floresta del Arco Iris o Valle de la Muerte.

"Es color de rosa", pensó Chris. Pero no dijo nada. Él estaba mirando fijamente aquella inmensidad, quizás intentando descubrir dónde moraban los ángeles.

Quien esté en el centro de la plaza principal, puede ver dónde comienza y dónde termina Borrego Springs. No obstante, la pequeña ciudad tenía tres hoteles. En el invierno, los turistas vienen aquí a recordar el sol.

Dejaron el equipaje en la habitación y fueron a cenar a un restaurante de comida mexicana. El muchacho que los atendió estuvo largo rato rondando por ahí, intentando entender qué idioma estaban hablando, y como no lo consiguió, acabó por preguntar. Al saber que venían de Brasil, dijo que nunca había conocido a un brasileño.

—Y ahora conozco a dos —dijo, riendo.

Probablemente, al día siguiente la ciudad entera lo sabría. No había muchas novedades en Borrego Springs.

Acabaron de comer y fueron a pasear, tomados de la mano, por los alrededores de la ciudad. Él quería pisar el desierto, sentir el desierto, respirar el aire de Mojave. Terminaron internándose en un terreno lleno de piedras y rocas; después de media hora de caminata, podían ver hacia el este y distinguir las pocas luces distantes de Borrego Springs.

Ahí podían contemplar mejor el cielo. Se sentaron en el suelo e hicieron peticiones a las estrellas fugaces. No había luz y las constelaciones brillaban.

—¿Has tenido la sensación de que, en determinados momentos de tu vida, alguien te observa? —preguntó Paulo.

—¿Cómo lo sabes?

—Porque lo sé. Son momentos en los que, sin tener conciencia, notamos la presencia de los ángeles.

Chris se acordó de su adolescencia. En aquella época, esa sensación era mucho más fuerte.

—En ese momento —continuó él— comenzamos a crear una especie de película en la que somos los personajes principales y actuamos con la certeza de que alguien nos vigila.

"Pero a medida que crecemos, comenzamos a pensar que eso es ridículo. Querer ser un actor o actriz de cine pareciera ser un sueño de niños. Olvidamos que, en aquellos momentos en que actuábamos para un público invisible, la sensación de ser vistos era muy fuerte."

Guardó silencio un momento.

—Muchas veces, cuando miro al cielo, la sensación regresa, acompañada de la misma pregunta: ¿quién nos está vigilando?

—¿Y quién nos vigila? —preguntó ella.

—Los ángeles. Los mensajeros de Dios.

Ella mantuvo los ojos fijos en el cielo. No quería creer en eso.

—Todas las religiones, y todas las personas que ya contemplaron lo Extraordinario, hablan de ángeles —continuó Paulo—. El Universo está poblado de ángeles. Son ellos quienes nos traen la esperanza, como el que anunció a los pastores que un Mesías había nacido. Traen la muerte, como el ángel exterminador que recorrió Egipto y destruyó a los que no tenían una señal en su puerta. Son ellos quienes pueden impedirnos entrar en el Paraíso con una espada de fuego en la mano. O nos pueden invitar a él, como un ángel hizo con María.

"Los ángeles abren los sellos de los libros prohibidos, tocan las trompetas del Juicio Final. Traen la Luz, como Miguel, o las tinieblas, como Lucifer."

Chris reunió valor y preguntó:

—¿Tienen alas?

—Todavía no he visto a un ángel —respondió él—. Pero también quisiera saber eso. Se lo pregunté a J.

"Qué bien", pensó ella. No era la única que quería saber cosas simples en relación con los ángeles.

—J. me dijo que ellos toman la forma que imaginamos. Porque son el pensamiento vivo de Dios y necesitan adaptarse a nuestra sabiduría y entendimiento. Saben que, si no actúan de ese modo, no lograríamos verlos.

Paulo cerró los ojos.

—Imagina a tu ángel y sentirás su presencia en este momento —concluyó.

Se quedaron en silencio, sentados en el desierto. No podían escuchar ningún ruido, y Chris comenzó a sentirse de nuevo en la misma película de su adolescencia, cuando actuaba para públicos invisibles. Mientras más se concentraba, más tenía la certeza de que, a su alrededor, había una presencia fuerte, amiga y generosa. Empezó a imaginar a su ángel, vestido exactamente como viera en las pinturas de su niñez: túnica azul, cabello dorado e inmensas alas blancas.

Paulo también imaginaba a su ángel. Ya se había sumergido muchas veces en el mundo invisible que lo rodeaba, y eso no era una novedad para él. Pero ahora, desde que J. le encomendó la tarea, sentía que su ángel estaba mucho más presente —como si los ángeles se hicieran notar sólo por aquellos que creían en su existencia—. Y sin embargo, a despecho de lo que el hombre creyese o no, ellos siempre estaban ahí, mensajeros de la vida, de la muerte, del infierno y del paraíso.

Vistió a su ángel con un largo manto bordado de oro, y también le puso alas.

El policía que desayunaba en la mesa de al lado se volteó hacia ellos.

—No vuelvan a ir al desierto de noche —dijo.

"Realmente, ésta es una ciudad muy pequeña —pensó Chris—. Todo lo saben."

—La noche es la hora más peligrosa —continuó el hombre—. Salen los coyotes, las serpientes. Ellos no soportan el calor del día y salen a cazar cuando el sol se pone.

—Estábamos viendo a nuestros ángeles —respondió Paulo.

El guardia pensó que aquel hombre no hablaba bien el inglés. Su frase no tenía sentido. ¡"Ángeles"! Quizás había querido decir otra cosa.

Ambos tomaron deprisa el café. El "contacto" había arreglado el encuentro para muy temprano.

CHRIS SE SORPRENDIÓ cuando vio a Took por primera vez; era un muchacho, no debía tener más de veinte años. Vivía en un tráiler estacionado en pleno desierto, a algunos kilómetros de Borrego Springs.

—¿Es un maestro de la "Conspiración"? —preguntó a Paulo en voz baja, cuando el joven fue a traer té helado.

Pero éste volvió antes de que Paulo pudiese responder. Se sentaron bajo una lona extendida en la lateral del vehículo y que servía de "terraza".

Hablaron de los rituales templarios, de la reencarnación, de la magia sufí, de los caminos de la Iglesia católica en América Latina. El muchacho parecía poseer una cultura vasta, y era gracioso ver conversar a esos dos: parecían aficionados debatiendo sobre algún deporte muy popular, defendiendo ciertas tácticas y cuestionando otras.

Hablaron de todo, menos de ángeles.

El sol comenzó a calentar. Bebieron más té mientras Took, siempre risueño, contaba maravillas sobre la vida en el desierto, aunque advirtió que los principiantes jamás deberían salir durante la noche (el policía tenía razón). Debían, también, evitar las horas más calientes del día.

—Un desierto está hecho de mañanas y tardes —indicó—. El resto es peligroso.

Chris siguió la conversación durante largo tiempo. Pero se había levantado muy temprano y la claridad del sol era cada vez más fuerte, así que decidió cerrar un poco los ojos y dormitar.

CUANDO DESPERTÓ, el sonido de las voces ya no procedía del mismo lugar. Los dos hombres estaban en la parte trasera del tráiler.

—¿Por qué trajiste a tu mujer? —escuchó que Took decía en voz baja.

—Porque venía al desierto —respondió Paulo, en el mismo tono.

Took rió.

—Te estás perdiendo lo mejor del desierto. La soledad.

("Qué muchacho entrometido", pensó Chris.)

—Háblame de ellas —dijo Paulo.

—Ellas te ayudarán a ver a tu ángel —continuó el estadounidense.

(Otras mujeres. ¡Siempre lo mismo, otras mujeres!)

—Fueron ellas quienes me enseñaron. Pero las Valkirias son
celosas y duras. Intentan seguir las leyes de los ángeles y, como
sabes, en el reino angélico no existen el Bien ni el Mal.

—No de la manera en que los entendemos.

Era la voz de Paulo. Chris no sabía lo que significaba eso de
"Valkirias". Recordaba vagamente haber escuchado ese nombre
como título de una pieza musical.

—¿Te fue difícil ver a tu ángel?

—La palabra correcta es "sufrir". Sucedió de repente, en la
época en que las Valkirias pasaron por aquí. Decidí aprender el proceso sólo para distraerme, porque en aquel tiempo todavía no entendía la lengua del desierto y pensaba que todo aquí era muy plano.

"Mi ángel apareció en aquella montaña, la tercera. Yo estaba
distraído, escuchando música en un *walkman*. En esa época yo
dominaba por completo la segunda mente. Ahora ando mucho
más distraído."

(¿Qué diablos será la "segunda mente"?)

—¿Tu padre te enseñó algo?

—No. Y cuando le pregunté por qué no me hablaba de ángeles, respondió que ciertas cosas son tan importantes que debía des-
cubrirlas por mí mismo.

Ambos quedaron un instante en silencio.

—Si las encuentras, hay algo que te facilitará su contacto —dijo
el muchacho.

—¿Qué?

Took lanzó una carcajada.

—Ya lo sabrás. Pero sería mucho mejor si hubieses venido sin
tu mujer.

—¿Tu ángel tiene alas? —preguntó Paulo.

Antes de que Took pudiera responder, Chris ya se había levantado de su silla de aluminio, dado la vuelta al tráiler y parado frente a ellos.

—¿Por qué insiste en esa historia de que estarías mejor solo? —dijo en portugués—. ¿Quieres que me vaya?

Took siguió conversando con Paulo sin prestar la menor atención a lo que Chris decía. Ella esperó para ver si Paulo respondía, pero para él parecía haberse vuelto invisible.

—Dame la llave del auto —dijo, cuando su paciencia se agotó.

—¿Qué quiere tu mujer? —preguntó Took, finalmente.

—Desea saber qué es la "segunda mente".

(¡Condenado! ¡Nueve años juntos, y el otro ya sabe hasta en qué momento despertamos!)

El muchacho se puso en pie.

—Mi nombre es Took (*tomado*, en inglés) —dijo, mirando hacia ella—. No es Given (*dado*). Eres una mujer bonita.

El elogio tuvo un efecto inmediato. El chico parecía saber cómo tratar a las mujeres, a pesar de su corta edad.

—Siéntate, cierra los ojos, y te mostraré —dijo.

—No vine al desierto a aprender magia ni a conversar con ángeles —dijo Chris—. Vine a acompañar a mi marido.

—Siéntate —insistió Took, riendo.

Ella miró a Paulo una fracción de segundo. No logró descubrir lo que él pensaba de la propuesta de Took.

"Respeto el mundo de ellos, pero no es el mío", pensó. Aunque todos los amigos opinaran que ella se había sumergido en el estilo de vida de su marido, el hecho era que hablaban muy poco al respecto. Acostumbraba acompañarlo a determinados lugares, alguna vez cargó su espada en una ceremonia, conocía el Camino de Santiago* ¡y había aprendido —forzada por las circunstancias— un poco de magia sexual! Pero eso era todo.

J. jamás le había hecho una propuesta semejante: enseñarle algo.

—¿Qué hago? —le preguntó a Paulo.

—Lo que tú decidas —respondió él.

"Yo lo amo", pensó. Aprender algo sobre su mundo ciertamente la acercaría más a él. Se dirigió a la silla de aluminio, se sentó y cerró los ojos.

—¿En qué estás pensando? —preguntó Took.

—En lo que hablaban ustedes. En Paulo viajando solo. En la segunda mente. En si su ángel tiene alas. Y en por qué esto me está interesando tanto. A fin de cuentas, creo que nunca hablé sobre los ángeles.

—No, no. Quiero saber si existe otra cosa que pase por tu pensamiento. Algo que tú no controlas.

Ella sintió las manos de él tocando los lados de su cabeza.

—Relájate, relájate —el tono de voz era más suave—. ¿En qué estás pensando?

Había sonidos. Voces. Hasta ahora se daba ella cuenta de lo que estaba pensando, aunque aquello hubiese estado en su cabeza casi un día entero.

—Música —respondió—. Estoy cantando sin parar una canción desde que la escuché ayer en la radio cuando veníamos para acá.

Sí, estaba cantando esa canción sin cesar; comenzaba y terminaba, terminaba y comenzaba de nuevo. No lograba sacársela de la cabeza.

Took le pidió que volviera a abrir los ojos.

---

* La participación de Chris en el Camino de Santiago está descrita en *El diario de un mago* (Planeta, Brasil, 2006).

—Ésa es la segunda mente —dijo—. La que está cantando esa canción. Podría ser una preocupación cualquiera. O, si estuvieses enamorada, podrías tener *ahí dentro* a la persona con la que te gustaría estar, o lo que desearías olvidar. Pero la segunda mente no es fácil: trabaja independientemente de tu voluntad.

Se volvió riendo hacia Paulo.

—¡Una canción! ¡Igual a mí, que también vivo lleno de música en mi segunda mente! ¡Las mujeres deberían estar siempre enamoradas y no con canciones en la cabeza! ¿Tú nunca tuviste amores aprisionados en la segunda mente?

Los dos rieron a carcajadas.

—¡Son los peores amores, amores terribles! —continuó Took, sin poder contener la risa—. Viajas, intentas olvidar, pero la segunda mente te está diciendo todo el tiempo: "¡Ella adoraría esto!" "¡Caray, qué bueno sería si ella estuviera aquí!"

Los dos se doblaron de risa. Chris no le dio importancia a la broma. Estaba sorprendida, nunca se había puesto a pensar en eso.

Tenía dos mentes, que funcionaban al mismo tiempo.

TOOK HABÍA PARADO de reír y ahora estaba a su lado.

—Vuelve a cerrar los ojos —dijo—. Y recuerda el horizonte que estabas mirando.

Ella trató de imaginar. Pero se dio cuenta de que no veía el horizonte.

—No puedo —dijo, con los ojos cerrados—. No me fijé bien en él. Sé que está a mi alrededor, pero no recuerdo más.

—Abre los ojos. Y mira.

Chris miró. Eran montañas, rocas, piedras, una vegetación rastrera y escasa. Y un sol que brillaba cada vez más fuerte parecía atravesar sus gafas oscuras y quemar sus ojos.

—Tú estás aquí —dijo Took con voz muy seria—. Procura entender que estás aquí y que las cosas que te rodean te transforman de la misma manera en que tú las transformas a ellas.

Chris miraba el desierto.

—Para penetrar en el mundo invisible y desarrollar tus poderes, tienes que vivir en el presente, en el *aquí y ahora*. Para vivir en el presente, debes controlar tu segunda mente. Y mirar el horizonte.

El muchacho le pidió que se concentrara en la canción que, sin querer, estaba cantando (era *When I fall in love*. No se sabía toda la letra e inventaba las palabras o sólo tarareaba: tum-lará-tum-tum).

Chris se concentró. En poco tiempo, la música desapareció. Ahora ella estaba completamente alerta, atenta a las palabras de Took.

Pero Took no parecía tener nada más que decir.

—Necesito estar un poco a solas ahora —dijo—. Vuelvan dentro de dos días.

S e encerraron en el cuarto del motel con el aire acondicionado encendido, sin ánimo para enfrentar los cincuenta
grados del mediodía. Sin un libro, ni nada interesante que
hacer. Dejando pasar el tiempo, intentando dormir sin conseguirlo.

—Vamos a conocer el desierto —dijo Paulo.

—Hace mucho calor. Took dijo que era peligroso. Dejémoslo
para mañana.

Paulo no respondió. Ella estaba segura de que él intentaba con-
vertir el hecho de estar encerrado en el cuarto del motel en una
especie de aprendizaje. Trataba de dar sentido a todo lo que ocurría en su vida y hablaba sólo para descargar la tensión.

Pero era imposible; tratar de darle sentido a todo era mantenerse alerta y tenso todo el tiempo. Paulo nunca se relajaba, y ella
se preguntó cuándo se cansaría él de todo eso.

—¿Quién es Took?

—Su padre es un mago poderoso, y quiere mantener la tradición en la familia, así como los padres ingenieros quieren que su
hijo siga su carrera.

—Es joven y quiere comportarse como un viejo. Está perdiendo
los mejores años de su vida en el desierto.

—Todo tiene un precio. Si Took pasa por todo esto y no desiste de la Tradición, va a ser el primero de una serie de maestros más jóvenes, integrados en un mundo que los viejos, aunque lo comprenden, ya no saben cómo explicar.

Paulo se acostó y comenzó a leer la única cosa disponible: *Guía de alojamientos del desierto de Mojave*. No quería contarle a su mujer que, además de todo lo que dijera, había otra razón para que Took estuviera ahí: era un poderoso paranormal, preparado por la Tradición para actuar en cuanto se abriesen las puertas del Paraíso.

Chris quería conversar. Se sentía angustiada presa en un cuarto de motel, decidida a no dar "un sentido a todo", como hacía su marido. Era un ser humano, no estaba ahí aspirando a un lugar en la comunidad de los elegidos.

—No entendí lo que Took me enseñó —insistió—. La soledad y el desierto pueden hacer que tengamos un inmenso contacto con el mundo invisible. Pero creo que nos hace perder el contacto con los demás.

—Él debe tener sus novias por aquí —dijo Paulo, recordando lo de "magia y mujeres" de su maestro y queriendo terminar la conversación.

"Si tuviera que pasar más de treinta y nueve días encerrada con él, me suicido", se prometió Chris a sí misma.

Por la tarde fueron a una cafetería que quedaba al otro lado de la calle. Paulo eligió una mesa junto a la ventana.

—Quiero que prestes mucha atención a las personas que pasan —dijo.

Ordenaron gigantescos helados. Ella había estado varias horas prestando atención a su segunda mente y ahora podía controlarla mucho mejor. Su apetito, sin embargo, escapaba a cualquier control.

Hizo lo que Paulo le pidió. En casi media hora, sólo cinco personas pasaron frente a la ventana.

—¿Qué viste?

Ella describió detalladamente a las personas: ropa, edad aproximada, lo que llevaban consigo. Pero, aparentemente, no era esto lo que él deseaba saber. Insistió bastante, intentó arrancarle una mejor respuesta, sin conseguirlo.

—Está bien —dijo al final, dándose por vencido—. Voy a decirte en qué quería que te fijaras.

"Todas las personas que pasaron por la calle estaban mirando ligeramente hacia abajo."

Se quedaron algún tiempo esperando que otra persona pasara. Paulo tenía razón.

—Took te pidió que miraras el horizonte. Hazlo.

—¿Eso qué quiere decir?

—Todos, hombres y animales, creamos una especie de "espacio mágico" a nuestro alrededor. Generalmente es un círculo de cinco metros de radio, y prestamos atención a todo lo que entra en él. No importa si son personas, mesas, teléfonos o vitrinas: intentamos mantener el control de este pequeño mundo que nosotros mismos hemos creado.

"Los magos, sin embargo, miran siempre a lo lejos. Ellos amplían este 'espacio mágico' y tratan de controlar muchas cosas más. A eso le llaman *mirar el horizonte*."

—¿Y por qué debo hacerlo yo?

—Porque estás aquí. Hazlo y verás cómo cambian las cosas.

Cuando salieron de la cafetería, ella mantuvo su atención en cosas distantes. Percibió las montañas, las raras nubes que aparecían en cuanto el sol se ponía y —extraña sensación— parecía estar viendo el aire a su alrededor.

—Todo lo que dice Took es importante —dijo él—. Ya vio a su ángel y conversó con él, y te va a usar a ti para enseñarme. Además, conoce el poder de las palabras; sabe que los consejos que no son escuchados vuelven a quien los dio y pierden su energía. Él necesita tener la certeza de que estás interesada en lo que te dice.

—¿Por qué no te lo enseña directamente a ti?

—Porque existe una regla no escrita en la Tradición: un maestro jamás enseña al discípulo de otro maestro. Y yo soy discípulo de J.

"Pero él quiere ayudarme. Entonces te elige a ti para eso."

—¿Por eso me trajiste?

—No. Fue porque tenía miedo de estar solo en un desierto.

"Podía haber respondido que lo hizo por amor", pensó ella mientras paseaban a pie por la ciudad. Ésa sería la verdadera respuesta.

D etuvieron el auto a la orilla del pequeño camino de terracería. Took había dicho que mirara siempre al horizonte. Los dos días habían pasado, se encontrarían con él aquella noche, y ella estaba animada por eso.

Pero todavía era de mañana. Y los días del desierto eran largos.

Miró más de una vez al horizonte: montañas que surgieron de repente, a causa de terremotos, algunos millones de años atrás, y que cruzaban el desierto en una larga cordillera. Aun cuando aquellos temblores habían ocurrido hacía mucho tiempo, se podía ver hasta hoy cómo el suelo había sido rasgado, y cómo ascendía todavía, liso, por buena parte de las montañas hasta que, a determinada altura, se abría una especie de herida de la que surgían rocas que se proyectaban hacia el cielo.

Entre las montañas y el auto había un valle pedregoso con escasa vegetación; los espinos, las yucas, los cactus, la vida que insistía en aparecer en un ambiente que no la deseaba. Y una inmensa mancha blanca, del tamaño de cinco canchas de futbol, se destacaba en medio de todo aquello. Brillaba bajo el sol de la mañana como si fuese un campo de nieve.

—Sal. Un lago de sal.

Sí. Aquel desierto, un día, también debía haber sido un mar. Una vez al año, las gaviotas del Océano Pacífico viajaban centenares de kilómetros tierra adentro para llegar al desierto y comer una especie de camarón que aparecía cuando llegaban las lluvias. El hombre olvida sus orígenes; la naturaleza, nunca.

—Debe estar a unos cinco kilómetros —dijo Chris.

Paulo consultó su reloj. Todavía era temprano. Miraban el horizonte, y el horizonte mostraba un lago de sal. Una hora de caminata para ir, otra para volver, sin el riesgo de exponerse a un sol demasiado fuerte.

Cada uno se colocó en la cintura su cantimplora con agua. Paulo metió cigarros y una Biblia en una pequeña bolsa. Cuando llegaran allá, sugeriría que leyeran, al azar, algunos fragmentos.

ECHARON A ANDAR. Chris estaba consiguiendo mantener, siempre que le era posible, los ojos fijos en el horizonte. Aunque aquello fuese tan simple, algo extraño estaba ocurriendo: se sentía mejor, más libre, como si su energía interior aumentara. Por primera vez en muchos años se arrepintió de no haber convivido más intensamente con la "Conspiración" de Paulo —imaginaba siempre rituales mucho más difíciles, que sólo personas preparadas y con mucha disciplina lograban ejecutar—.

CAMINARON SIN PRISA durante media hora. El lago parecía haber cambiado de lugar; estaba siempre a la misma distancia.

Anduvieron más de una hora. Debían haber cubierto ya casi siete kilómetros, y el lago estaba sólo "un poquito" más cerca.

Ya no era de mañana, ni temprano. El sol comenzaba a calentar mucho.

Paulo miró hacia atrás. Podía ver el auto, un minúsculo punto rojo, pero todavía visible, imposible de perder. Y cuando miró el auto se dio cuenta de algo muy importante.

—Pararemos aquí —dijo.

Se desviaron un poco del camino y llegaron cerca de una roca. Se pegaron a ella: no había casi nada de sombra. En el desierto, las sombras sólo aparecían temprano en la mañana o por la tarde junto a las rocas.

—Erramos el cálculo —dijo.

Chris ya se había dado cuenta de eso. Pensaba que era extraño, porque Paulo estaba acostumbrado a calcular distancias y había confiado en los cinco kilómetros que ella previó.

—YA SÉ POR QUÉ nos equivocamos —continuó él—. Porque en el desierto nada nos permite hacer comparaciones. Estamos acostumbrados a calcular la distancia por el tamaño de las cosas. Sabemos el tamaño aproximado de un árbol. O de un poste. O de una casa. Eso nos ayuda a saber si las cosas están lejos o cerca.

Ahí no tenían puntos de referencia. Eran piedras que nunca habían visto, montañas cuyo tamaño desconocían, y la vegetación era escasa. Paulo se dio cuenta de esto al ver el auto. Él conocía el tamaño de un auto. Y sabía que ya habían caminado más de siete kilómetros.

—Descansemos un poco y regresemos.

"Qué importa", pensó ella. Estaba fascinada con la idea de mirar el horizonte. Era una experiencia completamente nueva en su vida.

—Esta historia de mirar, Paulo…

Él aguardó a que ella continuara. Sabía que tenía miedo de decir tonterías, inventar significados esotéricos, como hacían muchas personas ligadas al ocultismo.

—Parece... no sé cómo decirlo... que mi alma creció.

Sí, pensó Paulo. Estaba en el camino correcto.

—Antes, yo miraba a lo lejos y aquello estaba realmente "lejos", ¿me entiendes? No parecía formar parte de mi mundo. Porque yo siempre estaba mirando hacia lo cercano, hacia las cosas que me rodeaban.

"Hasta que, hace dos días, aprendí a mirar a la distancia. Y percibí que, además de mesas, sillas, objetos, mi mundo incluía montañas, nubes, cielo. Y mi alma, ¡mi alma parece usar mis ojos para tocar esas cosas!"

"¡Caray! ¡Logró explicarlo muy bien!", pensó él.

—Mi alma parece haber crecido —insistió Chris.

Él abrió la bolsa, sacó la cajetilla de cigarros y encendió uno.

—Cualquiera puede ver eso. Pero estamos siempre mirando de cerca, hacia abajo y hacia adentro. Entonces, usando tus propios términos, nuestro poder disminuye y nuestra alma se encoge.

"Porque ella no incluye nada más allá de nosotros mismos. No incluye los mares, las montañas, las otras personas; no incluye ni siquiera las paredes de los lugares donde vivimos."

A Paulo le gustó la expresión "mi alma creció". Si estuviera conversando con un ocultista ortodoxo, de seguro habría escuchado explicaciones mucho más complicadas, como "mi conciencia se expandió". Pero el término que su mujer utilizó era mucho más exacto.

Acabó su cigarrillo. Ya no valía la pena insistir en la ida hasta el lago; en breve, la temperatura estaría de nuevo en alrededor de cincuenta grados a la sombra. El auto quedaba lejos, pero era visible, y en una hora y media de caminata estarían de nuevo allá.

Emprendieron el regreso. Estaban rodeados por el desierto, por el inmenso horizonte, y la sensación de libertad crecía en el alma de los dos.

—Quitémonos la ropa —dijo Paulo.

—Alguien puede estar mirándonos —Chris habló automáticamente.

Paulo rió. Podían ver todo lo que estaba a su alrededor. El día anterior, cuando pasearon por la mañana y la tarde, sólo pasaron dos autos e, incluso así, escucharon el ruido muchísimo antes de que los vehículos aparecieran. El desierto era sol, viento y silencio.

—Sólo nuestros ángeles nos miran —respondió—. Y ya nos vieron desnudos muchas veces.

Se quitó las bermudas, la playera y la cantimplora, y puso todo en la bolsa que llevaba.

Chris tuvo que controlarse para no reír. Hizo lo mismo, y en poco tiempo caminaban por el desierto de Mojave dos personas de tenis, gorras y anteojos oscuros, una de ellas cargando una bolsa pesada. Si alguien estuviese mirándolos, lo hubiera encontrado muy gracioso.

Caminaron durante media hora. El auto era un punto en el horizonte pero, al contrario del lago, crecía a medida que se aproximaban a él. En poco tiempo llegarían allá.

Sólo que, de repente, ella sintió una inmensa pereza.

—Descansemos un poco —pidió.

Paulo se detuvo casi inmediatamente.

—No aguanto cargar esto —protestó—. Estoy cansado.

¿Cómo que no aguantaba? Todo aquello, incluyendo las dos cantimploras de agua, no debía pesar más de tres kilos.

—Tienes que cargarlo. El agua está ahí dentro.

Sí, era preciso llevarlo.

—Entonces vámonos ya —dijo, malhumorado.

"Todo era tan romántico hace algunos minutos", pensó ella. Y ahora él estaba de mal humor. No le prestaría atención. Tenía pereza.

Anduvieron un poco más y la pereza fue en aumento. Pero, si de ella dependía, no comentaría nada; no quería irritarlo más.

"Qué bobo", volvió a pensar. Estar de mal humor en medio de toda aquella belleza, y después de que conversaron sobre asuntos tan interesantes como...

No logró recordar, pero no tenía importancia. También tenía pereza de pensar en ese momento.

Paulo se detuvo y puso la bolsa en el suelo.

—Descansemos —dijo.

Ya no parecía estar irritado. Debía tener mucha pereza. Como ella.

No había sombra. Pero ella también necesitaba descansar.

Se sentaron en el suelo caliente. El hecho de estar desnudos, el hecho de que la arena les quemara la piel, no hizo mucha diferencia. Necesitaban detenerse. Un poco.

Ella consiguió acordarse de lo que habían estado hablando: horizontes. Reparó en que ahora, aunque no quisiera, tenía esa sensación de alma crecida. Y, además de eso, la segunda mente había dejado de funcionar por completo. No pensaba en canciones, ni en cosas repetitivas; no pensaba ni siquiera en si alguien los miraba caminar desnudos por el desierto.

Todo estaba perdiendo importancia; se sentía relajada, despreocupada, libre.

Permanecieron algunos minutos en silencio. Hacía calor, pero el sol tampoco los incomodaba. Si llegaba a molestarlos mucho, disponían de bastante agua en las cantimploras.

Él se levantó primero.

—Creo que es mejor caminar. Falta poco para llegar al auto. Descansaremos ahí, con el aire acondicionado.

Ella tenía sueño. Quería dormir sólo un poquito. Aun así se puso en pie.

Avanzaron un poco más. Ahora el auto estaba bastante cerca. A no más de diez minutos de caminata.

—Ya que estamos tan cerca, ¿por qué no dormimos? Cinco minutos.

¿Dormir cinco minutos? ¿Por qué ella decía eso? ¿Habría adivinado su pensamiento? ¿Y tenía sueño también?

No había nada de malo en dormitar cinco minutos. Quedaríamos bronceados, pensó ella. Como si estuviesen en la playa.

Se sentaron de nuevo. Habían estado andando hacía más de una hora, sin contar las paradas. ¿Qué mal había en dormir cinco minutos?

Escucharon el ruido de un auto. Media hora antes, ella habría dado un salto y se habría puesto rápidamente la ropa.

Pero ahora, bueno, aquello no tenía la menor importancia. Sólo mira quien quiere hacerlo. No necesitaba dar explicaciones a nadie.

Quería dormir, sólo eso.

Ambos vieron una camioneta aparecer en el camino, pasar junto a su auto y detenerse más adelante. Un hombre descendió y se aproximó al vehículo. Miró hacia adentro y comenzó a andar en torno al auto, examinándolo.

"Puede ser un ladrón", pensó Paulo. Imaginó al sujeto robando el carro y dejándolos a ellos en aquella inmensidad, sin tener cómo regresar. La llave estaba en la ignición; no la había llevado consigo por temor a perderla.

Pero estaba en los Estados Unidos. En Nueva York, tal vez, pero aquí, aquí no robaban autos.

Chris miraba el desierto; ¡qué dorado estaba! Una agradable sensación de descanso comenzaba a invadir todo su cuerpo. El sol no la molestaba. ¡Las personas no sabían qué bello podía ser el desierto durante el día!

¡Dorado! ¡Diferente del desierto color de rosa al final de la tarde!

El sujeto dejó de mirar el auto y se colocó la mano sobre los ojos, a modo de visera. Estaba buscándolos.

Ella estaba desnuda… y él terminaría por verla. ¿Pero qué importaba eso? Paulo no parecía estar muy preocupado tampoco.

Ahora el hombre venía en dirección a ellos. La sensación de ligereza y euforia aumentaba cada vez más, aunque la pereza hacía que no se movieran de su lugar. El desierto era dorado y hermoso. Y todo estaba tranquilo, en paz; los ángeles, sí, ¡los ángeles se mostrarían dentro de poco! ¡Era por eso que habían venido al desierto, para conversar con los ángeles!

Estaba desnuda y no sentía vergüenza. Era una mujer libre.

El hombre se detuvo ante ambos. Hablaba un idioma diferente. Ellos no entendieron lo que estaba diciendo.

Paulo hizo un esfuerzo y descubrió que el hombre hablaba en inglés. A fin de cuentas, estaban en los Estados Unidos.

—Vengan conmigo —les dijo.

—Vamos a descansar —respondió Paulo—. Cinco minutos.

El hombre tomó la bolsa del suelo y la abrió.

—Póngase esto —le dijo a Chris, extendiéndole la ropa.

Ella se levantó con mucho esfuerzo y obedeció. Tenía pereza de discutir.

Él le ordenó a Paulo que se vistiera. Paulo también tenía pereza de discutir. El hombre vio las cantimploras llenas de agua, abrió una de ellas, llenó la pequeña tapa y les ordenó que bebieran.

No tenían sed. Pero hicieron lo que el hombre mandaba. Estaban muy tranquilos, en completa paz con el mundo y sin deseo alguno de discutir.

Harían cualquier cosa, obedecerían cualquier orden, siempre que él los dejara en paz.

—Andando —dijo el hombre.

Ya no lograban pensar mucho; sólo miraban el desierto. Harían cualquier cosa para que aquel extraño los dejara dormir.

El hombre llegó con ellos hasta el auto, les pidió que entraran y encendió el motor. "¿Adónde nos estará llevando?", pensó Paulo. Pero no sentía preocupación; el mundo estaba en paz y todo lo que quería hacer era dormir un poco.

D espertó con el estómago revuelto y unas enormes ganas de vomitar.

—Quédese quieto un momento más.

Alguien estaba hablando con él, pero su cabeza era una inmensa confusión. Todavía recordaba el paraíso dorado, donde todo era paz y tranquilidad.

Intentó moverse y sintió como si miles de agujas se le clavaran en la cabeza.

"Voy a dormir otra vez", pensó. Pero no pudo hacerlo, las agujas no se desclavaban. El estómago continuaba revuelto.

—Quiero vomitar —dijo.

Cuando abrió los ojos, vio que estaba sentado en una especie de minisuper; había varios refrigeradores con bebidas y charolas de comida. Miró aquello y sintió más náuseas. Entonces descubrió, frente a sí, a un hombre al que nunca antes había visto.

Éste le ayudó a levantarse. Paulo percibió que, además de las agujas imaginarias en su cabeza, tenía también otra en un brazo. Sólo que ésta era de verdad.

El hombre retiró el suero unido a la aguja, y ambos caminaron hasta el baño. Paulo vomitó un poco de agua nada más.

—¿Qué está pasando? ¿Qué significa esta aguja?

Era la voz de Chris, hablando en portugués. Volteó hacia el minisúper y vio que ella también estaba sentada, con el suero introducido en las venas.

Ahora, Paulo se sentía un poco mejor. Ya no necesitaba la ayuda del hombre.

Auxilió a Chris para que se levantara, fuera al baño y vomitara.

—Voy a llevarme su auto para recoger el mío —dijo el extraño—. Lo dejaré en el mismo lugar, con la llave en la ignición. Pidan un aventón para ir allá.

Ella estaba comenzando a recordar lo que había sucedido, pero la náusea volvió y tuvo que vomitar de nuevo.

Cuando regresó, el hombre ya había salido. Entonces repararon en que otra persona estaba ahí: un muchacho, con sus veinte y pocos años.

—Una hora más —dijo el chico—. Cuando el suero se termine, podrán irse.

—¿Qué hora es?

El muchacho respondió. Paulo hizo un esfuerzo para levantarse; tenía una cita y no quería faltar a ella de ninguna manera.

—Necesito ver a Took —le dijo a Chris.

—Siéntese —dijo el chico—. Sólo hasta que se acabe el suero.

El comentario era innecesario. Paulo no tenía fuerzas ni disposición para caminar hasta la puerta.

"Adiós a mi cita", pensó. Pero, a estas alturas, nada tenía mucha importancia. Mientras menos pensara, mejor.

Q uince minutos —dijo Took—. Después de eso viene la muerte, y ni cuenta te das.

Estaban de nuevo en el viejo tráiler. Era la tarde del día siguiente, todo alrededor era color de rosa. Nada parecido al desierto del día anterior, dorado, de inmensa paz, y vómitos, y náuseas.

Hacía veinticuatro horas que no lograban dormir ni comer —vomitaban todo lo que se metían a la boca—. Pero ahora la extraña sensación se desvanecía.

—Fue bueno que su horizonte estuviera expandido —continuó el muchacho—. Y que estuvieran pensando en ángeles. Uno de ellos apareció.

Era mejor decir que "el alma había crecido", pensó Paulo. Además, el sujeto que apareció no era un ángel: tenía una camioneta vieja y hablaba en inglés. Este chico ya estaba comenzando a ver cosas.

—Vamos ya —dijo Took, pidiendo a Paulo que encendiera el auto.

Ocupó el asiento delantero, sin la menor ceremonia. Y Chris, maldiciendo en portugués, se fue a la parte de atrás.

Took empezó a dar instrucciones: toma este camino aquí, sigue para allá, acelera para que el auto se enfríe, apaga el aire acondicionado para no calentar el motor. Varias veces salieron de los precarios senderos de tierra y se adentraron en el desierto. Pero Took lo sabía todo; no cometía errores, como ellos.

—¿Qué nos pasó ayer? —insistió Chris por enésima vez. Sabía que Took alimentaba la expectación; aunque ya hubiese visto a su ángel de la guarda, actuaba como cualquier chico de su edad.

—Insolación —respondió él, al fin—. ¿Nunca vieron una película del desierto?

Claro que sí. Hombres sedientos, arrastrándose por la arena en busca de un poco de agua.

—No teníamos sed. Las dos cantimploras estaban llenas.

—No hablo de eso —cortó el estadounidense—. Me refiero a la ropa.

¡La ropa! Los árabes, con aquellos ropajes largos, varios mantos, uno encima del otro. Sí, ¿cómo pudimos ser tan tontos? Paulo había escuchado tanto sobre eso, había estado en muchos otros desiertos… y nunca sintió ganas de quitarse la ropa. Pero ahí, aquella mañana, después de la frustración del lago que no llegaba nunca… "¿Cómo pude tener una idea tan imbécil?", pensó.

—Cuando ustedes se quitaron la ropa, el agua del cuerpo comenzó a evaporarse inmediatamente. No hubo tiempo para sudar, a causa del clima completamente seco. En quince minutos, ustedes ya estaban deshidratados. No hay sed ni nada, sólo una leve sensación de desorientación.

—¿Y el cansancio?

—El cansancio es la muerte que llega.

"No me di cuenta de que era la muerte", se dijo Chris a sí misma. Si algún día necesitara elegir una forma suave de dejar este mundo, volvería a andar desnuda por el desierto.

La gran mayoría de las personas que mueren en el desierto tienen agua en la cantimplora. La deshidratación es tan rápida que nos sentimos como quien bebió una botella entera de whisky o tomó una enorme pastilla tranquilizante.

Took les pidió que, a partir de ahora, bebiesen agua todo el tiempo, incluso si no tenían sed, porque era preciso que hubiese agua dentro del cuerpo.

—Pero un ángel apareció —concluyó.

Antes de que Paulo pudiera decir lo que pensaba al respecto, Took ordenó que se detuvieran cerca de un montículo.

—Bajaremos aquí y haremos el resto del camino a pie.

COMENZARON A CAMINAR por un pequeño sendero que conducía hacia lo alto. Después de transcurridos los primeros minutos, Took recordó que había dejado la linterna en el auto. Regresó, la tomó y se quedó sentado algún tiempo en el cofre, mirando al vacío.

"Chris tiene razón: la soledad hace daño a las personas. Él se está comportando de una manera extraña", pensó Paulo mientras miraba al muchacho sentado allá abajo.

Pero unos segundos después, el chico subió de nuevo el pequeño trecho que habían andado y siguió en compañía de ambos.

En cuarenta minutos, sin mayores dificultades, estaban en la cima del monte. La vegetación era rala y Took pidió que se sentaran de cara al norte. Su actitud, extrovertida, había cambiado: ahora parecía más concentrado y distante.

—Ustedes vinieron en busca de los ángeles —dijo, sentándose al lado de ellos.

—Yo vine —dijo Paulo—. Y sé que tú hablaste con uno.

—Olvida a mi ángel. Mucha gente, en este desierto, ya habló o vio a su ángel. Y también mucha gente en las ciudades, y en los mares, y en las montañas.

Había cierto tono de impaciencia en su voz.

—Piensa en tu ángel de la guarda —continuó—. Porque mi ángel está aquí y puedo verlo. Éste es mi lugar sagrado.

Tanto Paulo como Chris recordaron su primera noche en el desierto. E imaginaron de nuevo a sus ángeles, con la vestimenta y las alas.

—Tengan siempre un lugar sagrado. El mío estuvo primero dentro de un pequeño departamento, después en una playa de Los Ángeles y ahora aquí. Un rincón sagrado le abre una puerta al cielo, y el cielo penetra.

AMBOS SE QUEDARON mirando el lugar sagrado de Took: las rocas, el suelo duro, la vegetación rastrera. Quizás algunas serpientes y coyotes paseaban de noche por ahí.

Took parecía estar en trance.

—Fue aquí donde logré ver a mi ángel, aunque supiera que él está en todos los lugares, que su rostro es el rostro del desierto donde vivo, o de la ciudad que habité dieciocho años.

"Conversé con mi ángel porque tenía fe en su existencia. Porque tenía esperanza de encontrarlo. Y porque lo amaba."

Ninguno de los dos se atrevió a preguntar sobre qué había versado la conversación. Took continuó:

—Todo el mundo puede establecer contacto con cuatro tipos de entes en el mundo invisible: los elementales, los espíritus desencarnados, los santos y los ángeles.

"Los elementales son las vibraciones de las cosas de la naturaleza: del fuego, de la tierra, del agua y del aire, y los contactamos mediante el ritual. Son fuerzas puras, como los terremotos, los rayos o los volcanes. Debido a que necesitamos entenderlos como 'seres', aparecen en forma de duendes, hadas, salamandras; pero todo lo que el hombre puede hacer es usar el poder de los elementales, jamás aprenderá nada con ellos."

"¿Por qué está diciendo esto? —pensó Paulo—. ¿No recuerda que también soy un Maestro en magia?"

Took proseguía con su explicación:

—Los espíritus desencarnados son aquellos que vagan entre una vida y la otra, y los contactamos a través de la mediumnidad. Algunos son grandes maestros, pero todo lo que ellos enseñan, nosotros podemos aprenderlo en la Tierra, porque también lo aprendieron aquí. Es mejor, entonces, dejarlos caminar hacia el próximo paso, mirar más hacia nuestro horizonte y procurar alcanzar *aquí* la sabiduría que ellos obtuvieron.

"Paulo ya debe saber eso —pensó Chris—. Took está hablando para mí."

Sí, Took hablaba para aquella mujer, era a causa de ella que estaba ahí. Nada tenía que enseñar a Paulo, veinte años mayor que él, más experimentado y que, si pensara dos veces, descubriría la forma de conversar con el ángel. Paulo era discípulo de J., ¡y cuánto había oído Took hablar de J.! En el primer encuentro, intentó diversas maneras de hacer que el brasileño hablara, pero la mujer lo arruinó todo. No logró saber las técnicas, los procesos, los rituales que utilizaba J.

Aquel primer encuentro lo desilusionó profundamente. Pensó que tal vez el brasileño estuviese usando el nombre de J. sin que el Maestro lo supiera. O, ¿quién sabe?, J. se equivocó por primera vez al elegir a un discípulo, y si eso fuera, en breve toda la Tradición lo sabría. Pero, aquella noche del encuentro, soñó con su ángel de la guarda.

Y su ángel le pidió que iniciara a la mujer en el camino de la magia. Sólo iniciarla: el marido haría el resto.

En el sueño, él argumentó que ya le había enseñado lo que era la segunda mente y le había pedido que mirase al horizonte. El ángel dijo que prestara atención al hombre, pero que cuidara a la mujer. Y desapareció.

Estaba entrenado para tener disciplina. Ahora hacía lo que su ángel le había pedido, y esperaba que eso fuera bien visto allá en las alturas.

—Después de los espíritus desencarnados —continuó— aparecen los santos. Éstos son los verdaderos Maestros. Algún día vivieron con nosotros y ahora están próximos a la luz. La gran enseñanza de los santos son las vidas que llevaron aquí en la Tierra. Ahí está todo lo que necesitamos saber; basta con imitarlos.

—¿Y cómo invocamos a los santos? —preguntó Chris.

—Por la oración —respondió Paulo, quitándole la palabra a Took. No tenía celos, aunque estuviese claro para él que el estadounidense quería brillar ante Chris.

"Él respeta la Tradición. Usará a mi mujer para enseñarme. ¿Pero por qué está siendo tan elemental, repitiendo cosas que ya sé?", pensó.

—Invocamos a los santos mediante la oración constante —siguió diciendo Paulo—. Y cuando ellos están cerca, todo se transforma. Los milagros suceden.

Took notó el tono agresivo del brasileño. Pero no hablaría de su sueño con el ángel, no le debía explicaciones a nadie.

—Finalmente —Took tomó de nuevo la palabra—, existen los ángeles.

Quizás el brasileño no conociera esta parte, aunque parecía saber bastante sobre otros asuntos. Took hizo una larga pausa. Se quedó en silencio, rezó por lo bajo, se acordó de su ángel, rogó por que estuviese escuchando cada palabra. Y pidió ser claro porque —¡oh, Dios!— era muy, muy difícil de explicar.

—Los ángeles son amor en movimiento. Que nunca se detiene, que lucha por crecer, que está más allá del bien y del mal. El amor que todo lo devora, que todo lo destruye, que todo lo perdona. Los ángeles están hechos de esa clase de amor y, al mismo tiempo, son sus mensajeros.

"El amor del ángel exterminador, que un día se lleva nuestra alma, y el del ángel de la guarda, que la trae de regreso. El amor en movimiento."

—El amor en guerra —dijo ella.

—No existe amor en paz. Quien se vaya por ahí, estará perdido.

"¿Qué puede entender un chico como éste de amor? Vive solo en el desierto y nunca se ha enamorado", pensó Chris. Y, sin embargo, por más que se esforzaba, no lograba recordar ni un solo momento en que el amor le hubiera traído paz. Siempre venía acompañado de agonías, éxtasis, alegrías intensas y profundas tristezas.

Took se volvió hacia ellos:

—Quedémonos quietos un poco, para que nuestros ángeles escuchen el ruido que hay detrás de nuestro silencio.

Chris seguía pensando en el amor. Sí, el chico parecía tener razón, aun cuando ella podría jurar que él sabía todo aquello únicamente en teoría.

"El amor sólo descansa cuando está próximo a morir, qué extraño." Qué raro era todo lo que estaba experimentando, principalmente la sensación de "alma crecida".

Nunca le había pedido a Paulo que le enseñara nada; ella creía en Dios y eso era suficiente. Respetaba la búsqueda de su marido, pero ella nunca se había interesado, tal vez porque era tan cercano, o porque sabía que él tenía defectos como todos los hombres.

Sin embargo no conocía a Took. Él le dijo: "Procura mirar el horizonte. Presta atención a tu segunda mente". Y ella obedeció. Ahora, con el alma crecida, estaba descubriendo qué bueno era y cuánto tiempo había perdido.

—¿Por qué necesitamos hablar con el ángel? —preguntó Chris, interrumpiendo el silencio.

—Pregúntaselo a él.

Took no se irritó con su comentario. Si ella se lo hubiera preguntado a Paulo, habría propiciado una pelea.

Rezaron un padrenuestro y un avemaría. Entonces el estadounidense dijo que ya podían descender.

—¿Sólo eso? —Paulo estaba decepcionado.

—Quise traerlos aquí para que mi ángel viera que hice lo que me ordenó —respondió Took—. No tengo nada más que enseñarte; si quieres saber algo más, pregúntales a las Valkirias.

E l regreso estuvo envuelto en un tenso silencio, interrumpido sólo cuando Took daba las instrucciones para el camino. Nadie quería conversar con nadie. Paulo, porque pensaba que Took lo había engañado; Chris, porque Paulo podía molestarse por sus comentarios, creer que ella estaba estropeándolo todo, y Took, porque sabía que el brasileño estaba decepcionado y, debido a esto, no hablaría sobre J. y sus técnicas.

—ESTÁS EQUIVOCADO en una cosa —dijo Paulo cuando se detuvieron ante el tráiler—. No fue un ángel lo que encontramos ayer. Fue un sujeto en una camioneta.

Por una fracción de segundo, Chris pensó que la frase quedaría sin respuesta; la agresividad entre ambos era cada vez mayor. El estadounidense echó a andar en dirección a su "casa", pero de pronto regresó.

—Te voy a narrar una historia que mi padre me contó —dijo—. Un maestro y su discípulo caminaban por el desierto, y el maestro enseñaba que podían confiar siempre en Dios, pues Él se encargaba de todo.

"Llegó la noche y decidieron acampar. El maestro montó la

tienda y el discípulo quedó a cargo de amarrar los caballos a una piedra. Pero al llegar a la piedra pensó para sí: 'El maestro me está probando. Dijo que Dios se encarga de todo y me pidió que amarrara los caballos. Quiere ver si confío en Dios o no'.

"En vez de sujetar a los animales, hizo una larga oración y entregó su custodia a Dios.

"Al día siguiente, cuando despertaron, los caballos habían desaparecido. Decepcionado, el discípulo fue a quejarse con el maestro y le dijo que ya no confiaba en él, pues Dios no se hacía cargo de todo, había olvidado vigilar los caballos.

"'Estás equivocado —respondió el maestro—. Dios quería cuidar de los caballos. Pero, en ese momento, necesitaba usar tus manos para amarrarlos a la piedra.'"

EL MUCHACHO ENCENDIÓ una pequeña lámpara de gas que colgaba de la parte exterior del tráiler. La luz opacó un poco el brillo de las estrellas.

—Cuando comenzamos a pensar en el ángel, él empieza a manifestarse. Su presencia se vuelve cada vez más cercana, más viva. Sólo que, en un primer momento, ellos se muestran como han venido haciéndolo a lo largo de toda la vida: a través de los demás.

"Tu ángel usó a aquel hombre. Debe haberlo sacado temprano de casa, cambiado algo en su rutina, arreglado todo para que él pudiera estar ahí justamente en el momento en que ustedes lo necesitaban. Esto es un milagro. No trates de convertirlo en un acontecimiento común."

Paulo escuchaba en silencio.

—Cuando íbamos a subir a la montaña, olvidé la linterna —continuó Took—. Debes haber notado que me quedé un tiempo sentado en el cofre del auto. Siempre que olvido algo al salir de casa, siento que mi ángel de la guarda está actuando. Está haciendo que me retrase unos pocos segundos, y ese corto tiempo puede significar cosas muy importantes. Puede librarme de un accidente, o hacer que encuentre a alguien a quien necesitaba.

"Por eso, después de recoger lo que olvidé, siempre me siento y cuento hasta veinte. Así, el ángel tiene tiempo de actuar. Un ángel utiliza muchos instrumentos."

El estadounidense pidió a Paulo que aguardara un poco. Entró en el tráiler y volvió con un mapa.

—La última vez que vi a las Valkirias fue aquí.

Señaló un lugar en el mapa. La agresividad entre ambos parecía haber disminuido mucho.

—Cuida de ella —dijo Took—. Fue bueno que viniera.

—Creo que sí —respondió Paulo—. Gracias por todo.

Y se despidieron.

—¡QUÉ TONTO FUI! —dijo Paulo, dando un golpe en el volante en cuanto se apartaron un poco.

—¿Tonto? ¡Creí que estabas celoso!

Pero Paulo reía, estaba de excelente humor.

—¡Cuatro procesos! ¡Y él sólo habló de tres! ¡Es a través del cuarto proceso que se conversa con el ángel!

Se volvió hacia Chris. Sus ojos brillaban de alegría.

—¡El cuarto proceso: la canalización!

C asi diez días en el desierto. Pararon en un lugar donde el suelo se abría en una serie de heridas, como si decenas de ríos prehistóricos hubiesen corrido por ahí, dejando aquellas largas grietas profundas que el sol se encargaba de hacer cada vez más grandes.

Ahí no existían ni los escorpiones, ni las víboras, ni los coyotes, ni la siempre presente hierba rastrera. El desierto estaba lleno de estos lugares llamados *badlands*, las tierras malditas.

Entraron en una de aquellas inmensas heridas. Las paredes de tierra eran altas y todo lo que podían ver era un camino tortuoso, sin principio ni fin.

Ya no eran dos aventureros irresponsables que pensaban que nada malo podía suceder. El desierto tenía sus leyes y mataba a quien no las respetara. Habían aprendido estas leyes: los rastros de las serpientes, las horas de salir, las precauciones respecto a la seguridad. Antes de entrar en las *badlands*, habían dejado una nota en el auto diciendo hacia dónde se dirigían. Aunque fuese por sólo media hora y aquello pareciese innecesario, ridículo, si ocurría alguna cosa, otro auto podía detenerse, y alguien vería la nota y sabría la dirección que ellos habían tomado. Necesitaban facilitar la tarea de los instrumentos del ángel de la guarda.

Buscaban a las Valkirias. No ahí, en aquel fin del mundo, porque ningún ser vivo resiste por mucho tiempo en las *badlands*. Ahí... bien, ahí era sólo un entrenamiento. Para Chris.

Pero las Valkirias estaban cerca, y algo parecía decirlo. Dejaban rastros. Vivían por el desierto, no se detenían en ningún sitio, mas dejaban rastros.

Ambos habían conseguido algunas pistas. Al principio habían visitado un pueblo tras de otro, preguntando por las Valkirias, y nadie había oído hablar de ellas. Las indicaciones de Took no sirvieron de nada —probablemente habían pasado hacía mucho tiempo por el lugar que él señalara en el mapa—. Pero un día, en un bar encontraron a un muchacho que se acordaba de haber leído algo respecto a ellas. Entonces les describió la ropa que usaban y los rastros que dejaban.

Chris y Paulo comenzaron a preguntar por mujeres que usaran aquel tipo de vestimenta. Las personas adoptaban un aire de desaprobación y contaban que ellas habían partido hacía un mes, hacía una semana, hacía tres días.

FINALMENTE, ahora se hallaban a un día de viaje del lugar donde ellas podrían estar.

EL SOL ESTABA ya cerca del horizonte, de otro modo no se arriesgarían a caminar por el desierto. Los muros de tierra proyectaban sombra. El sitio era perfecto.

Chris ya no aguantaba repetir todo aquello. Pero era necesario: aún no había logrado resultados importantes.

—Siéntate aquí. De espaldas al sol.

Hizo lo que Paulo ordenó. Y después, automáticamente, comenzó a relajarse. Tenía las piernas cruzadas, los ojos cerrados, pero podía sentir el desierto entero a su alrededor. Su alma había crecido durante todos esos días; sabía que el mundo era más vasto, mucho más vasto que dos semanas atrás.

—Concéntrate en tu segunda mente —dijo él.

Chris percibía el tono de inhibición en su voz. No podía comportarse con ella de la misma forma en que lo hacía con otros discípulos —finalmente, ella conocía sus fallas y flaquezas—. Paulo hacía un esfuerzo supremo para actuar como un maestro y ella lo respetaba por eso.

Se concentró en su segunda mente. Dejó que todos los pensamientos le viniesen a la cabeza —y, como siempre, eran pensamientos absurdos para quien estaba en medio de un desierto—. De tres días a esta parte, siempre que empezaba el ejercicio se daba cuenta de que su pensamiento automático estaba muy preocupado con a quién debía ella invitar a su fiesta de cumpleaños dentro de tres meses.

Paulo le había pedido que no se limitara por esto. Que dejara que sus preocupaciones fluyeran libremente.

—Repetiremos todo de nuevo —dijo él.

—Estoy pensando en mi fiesta.

—No luches contra tus pensamientos; ellos son más fuertes que tú —dijo Paulo por milésima vez—. Si quieres librarte de ellos, acéptalos. Piensa en lo que ellos quieren que pienses, hasta que se cansen.

Ella hacía una lista de invitados. Sacó a algunos. Agregó a otros. Éste era el primer paso: prestar atención a la segunda mente hasta que ésta se cansara.

Ahora la fiesta de cumpleaños ya desaparecía con más rapidez. No obstante, todavía seguía haciendo la lista. Era increíble cómo un asunto así podía preocuparla tantos días, ocupar tantas horas en las que podría estar pensando en cosas más interesantes.

—Piensa hasta el cansancio. Entonces, cuando te canses, abre el canal.

Paulo se apartó de su mujer y se sentó a la orilla del barranco. El chico era astuto, aunque se tomara muy en serio aquella historia de no poder enseñar nada al discípulo de otro maestro. Sin embargo, por medio de Chris le había dado todas las pistas que necesitaba.

La cuarta forma de comunicarse con el mundo invisible era la canalización.

¡Canalización! ¡Cuántas veces había visto a las personas dentro de sus autos en los embotellamientos, hablando solas, sin darse cuenta de que ejecutaban uno de los más sofisticados procesos de la magia! Distinta de la mediumnidad, que exigía cierta pérdida de conciencia durante el contacto con los espíritus, la canalización era el proceso más natural que el ser humano utilizaba para sumergirse en lo desconocido. Era el contacto con el Espíritu Santo, con el Alma del Mundo, con los Maestros Iluminados que habitaban en sitios remotos del Universo. No era necesario realizar un ritual, ni una incorporación, ni nada. Todo ser humano sabía, inconscientemente, que existía un puente a lo invisible al alcance de sus manos, por el cual se podía transitar sin miedo.

Y todos los hombres lo intentaban, aun cuando no se dieran cuenta. Todos se sorprendían diciendo cosas que nunca pensaron, dando consejos del tipo "no sé por qué estoy diciendo esto", haciendo ciertas cosas con las que no estaban muy de acuerdo.

Y a todos les gustaba contemplar los milagros de la naturaleza: una tempestad, una puesta de sol, listos para entrar en contacto con la Sabiduría Universal, pensar en cosas realmente importantes, excepto…

… excepto que, en esos momentos, aparecía un muro invisible.

La segunda mente.

La segunda mente estaba ahí, bloqueando la entrada con sus cosas repetitivas, sus asuntos sin importancia, sus canciones, sus problemas financieros, sus conflictos no resueltos.

Se levantó y volvió adonde estaba Chris.

—Ten paciencia y escucha todo lo que la segunda mente tenga que decir. No respondas. No discutas. Ella se cansará.

Chris volvió a intentarlo, pero otra vez apareció la lista de invitados, a pesar de que ya había perdido el interés en eso. Cuando acabó, puso punto final.

Y abrió los ojos.

Estaba ahí, en aquella herida de la tierra. Sintió el aire sofocante a su alrededor.

—Abre el canal. Comienza a hablar.

¡Hablar!

Siempre tuvo miedo de hablar, de parecer ridícula, tonta. Miedo de saber lo que los demás pensaban de lo que decía, porque ellos siempre parecían más preparados, más inteligentes, siempre con respuestas para todo.

Pero ahora era así y debía tener valor, aunque dijera cosas absurdas, frases sin sentido. Paulo le había explicado que ésta era una de las formas de canalización: hablar. Vencer a la segunda mente, y después dejar que el Universo se apoderara de ella y la usara como quisiera.

Empezó a mecer la cabeza, simplemente porque tenía ganas de hacerlo, y de repente sintió deseos de hacer ruidos extraños con la boca. Hizo los ruidos. Nada era ridículo. Ella era libre de actuar como quisiera.

No sabía de dónde venían esas cosas, y sin embargo, venían de adentro, del fondo de su alma, y se manifestaban. De vez en cuando la segunda mente volvía con sus preocupaciones y Chris intentaba organizar todo aquello, pero era necesario que fuese así, sin lógica, sin censura, con la alegría del guerrero que entra en un mundo desconocido. Ella necesitaba hablar el lenguaje puro del corazón.

Paulo la escuchaba en silencio y Chris sentía su presencia. Estaba absolutamente consciente, pero libre. No podía preocuparse por lo que él pensara; tenía que seguir hablando, haciendo los gestos que le diera la gana, cantando las extrañas canciones. Sí, todo debía tener un sentido, porque jamás había escuchado esos ruidos, esas canciones, esas palabras y movimientos. Era difícil; siempre existía el miedo de estar fantaseando, queriendo parecer más en contacto con lo Invisible de lo que realmente estaba; pero venció el temor al ridículo y siguió adelante.

Hoy estaba ocurriendo algo diferente. Ya no hacía aquello por obligación, como en los primeros días. Ahora lo disfrutaba. Y comenzaba a sentirse *segura*. Una ola de seguridad iba y venía, y Chris trató desesperadamente de asirse a ella.

Para mantenerse cerca de la ola, debía hablar. Cualquier cosa que le viniera a la mente.

—Veo esa tierra —su voz era pausada, calmada, aunque la segunda mente apareciese de vez en cuando, diciendo que Paulo debía de pensar que todo aquello era ridículo—. Estamos en un lugar seguro, podemos quedarnos aquí de noche, mirar las estrellas acostados en el suelo y hablar de ángeles. No hay escorpiones, ni víboras, ni coyotes.

(¿Creerá él lo que estoy inventando? ¿Que quiero impresionarlo? ¡Pero tengo ganas de decir eso!)

—El planeta reservó algunos lugares sólo para él. Pide que nos vayamos ya. En estos lugares, sin los millones de formas de vida que caminan por su superficie, la Tierra logra estar a solas. Ella también necesita soledad, pues procura entenderse a sí misma.

(¿Por qué digo eso? Él creerá que quiero presumir. ¡Estoy consciente!)

Paulo miró en derredor. El lecho seco del río parecía gentil, suave. Pero inspiraba terror, el terror de la soledad total, de la completa ausencia de vida.

—Tiene una oración —continuó Chris. La segunda mente ya no lograba hacer que se sintiera ridícula.

Pero de pronto tuvo miedo. Miedo de no saber qué oración, de no saber cómo continuar.

Y cuando tuvo miedo, la segunda mente volvió, y volvió el ridículo, la vergüenza, la preocupación por Paulo. A fin de cuentas, él era el brujo, sabía más que ella, debía estar creyendo que todo aquello era falso.

Respiró profundamente. Se concentró en el presente, en la tierra donde nada crecía, en el sol que ya se estaba ocultando. Poco a poco, la ola de seguridad regresó, como un milagro.

—Tiene una oración —repitió.

Y resonará
claramente
en el cielo
cuando yo venga
haciendo ruido.

Se quedó algún tiempo en silencio, sintiendo que había dado lo máximo de sí, que la canalización había terminado. Después se volvió hacia él.

—Fui demasiado lejos hoy. Nunca había pasado esto.

Paulo le pasó la mano por la cabeza y le dio un beso. Ella no sabía si él estaba haciendo aquello por lástima o por orgullo.

—Vámonos ya —dijo—. Respetemos el deseo de la Tierra.

"Tal vez esté diciendo eso para animarme, para que siga intentando la canalización", pensó. Sin embargo, tenía la certeza: algo había ocurrido. No había inventado todo aquello.

—¿La oración…? —preguntó ella, aunque con temor de saber la respuesta.

—Es un antiguo canto indígena. De los hechiceros Ojibuei.

Ella siempre estuvo orgullosa de la cultura de su marido, aunque él dijera que no servía para nada.

—¿Cómo pueden suceder estas cosas?

Paulo se acordó de J. hablando de los secretos de la alquimia que había en su libro: "Las nubes son ríos que ya conocen el mar". Pero tuvo pereza de explicar. Se sentía tenso, irritado, sin saber exactamente por qué seguía en el desierto; al fin y al cabo, ya sabía cómo hablar con su ángel de la guarda.

—¿Viste la película *Psicosis*? —preguntó a Chris cuando llegaron al auto.

Ella asintió con la cabeza.

—En la película, la actriz principal muere en el baño, en los primeros diez minutos. En el desierto, yo descubrí cómo se habla con los ángeles al tercer día. Sin embargo, me prometí a mí mismo que me quedaría aquí cuarenta días, y ahora no puedo cambiar de idea.

—Pero tienes a las Valkirias.

—¡Las Valkirias! Puedo vivir sin ellas, ¿entiendes?

("Tiene miedo de no encontrarlas", pensó Chris.)

—¡Ya sé hablar con los ángeles, eso es lo importante! —el tono de voz de Paulo era agresivo.

—Estaba pensando en eso —respondió Chris—. Tú ya sabes y aún así *no quieres intentarlo.*

"Ése es mi problema", se dijo Paulo a sí mismo, mientras encendía el auto. "Necesito emociones fuertes. Necesito desafíos."

Miró a Chris. Ella leía, distraída, el *Manual de supervivencia en el desierto* que habían comprado en uno de los pueblos por donde pasaron.

Aceleró y se pusieron en marcha. Comenzaron a recorrer una más de aquellas rectas interminables que parecían no acabar nunca.

"No es sólo un problema de búsqueda espiritual", siguió pensando, alternando su mirada entre Chris y la carretera. Estaba harto del matrimonio, incluso sabiendo que amaba a su mujer. Necesitaba emociones fuertes en el amor, en el trabajo, en casi todo lo que hacía en su vida. De esta forma, contrariaba una de las más importantes leyes de la Naturaleza: todo conocimiento precisa reposo.

Sabía que, de continuar así, nada en su vida duraría mucho. Comenzaba a entender lo que J. quería decir con "destruimos siempre aquello que más amamos".

D os días después llegaron a Gringo Pass, un lugar que sólo tenía un motel, un minisúper y el edificio de aduanas. La frontera con México estaba apenas a unos metros, y ambos se tomaron una serie de fotografías con las piernas abiertas, con un pie en cada país.

Fueron al minisúper. Preguntaron por las Valkirias y la dueña de la cafetería les dijo que había visto a "esas lesbianas" en la mañana, pero que ya no estaban ahí.

—¿Seguirían para México? —quiso saber Paulo.

—No, no. Tomaron la carretera en dirección a Tucson.

Caminaron de regreso al hotel y se sentaron en el pórtico. El carro estaba estacionado frente a ellos.

—Mira cómo está ese automóvil, lleno de polvo —dijo Paulo al cabo de algunos minutos—. Quiero lavarlo.

—Al dueño del motel no le gustará saber que usamos agua para eso. Estamos en el desierto, ¿recuerdas?

Paulo no dijo nada. Se incorporó, sacó una caja de toallas de papel de la guantera y comenzó a limpiar el auto. Ella permaneció en la terraza.

"Está intranquilo. No logra quedarse quieto", pensó Chris.

—Quiero hablar de algo serio —dijo.

—Has hecho bien tu trabajo, no te preocupes —respondió él, mientras ocupaba una toalla tras otra.

—Justamente de eso quiero hablar —insistió Chris—. Yo no vine aquí a hacer un trabajo. Vine porque creí que nuestro matrimonio estaba terminando.

"Ella también lo siente", pensó él. Pero continuó concentrado en su tarea.

—Siempre respeté tu búsqueda espiritual, pero yo tengo la mía —dijo Chris—. Y seguiré teniéndola, quiero dejar eso bien claro. Voy a seguir yendo a la iglesia.

—Yo también voy a la iglesia.

—Pero es diferente, tú lo sabes. Tú elegiste esta manera de comunicarte con Dios, y yo elegí otra.

—Lo sé. No quiero cambiar.

—Sin embargo —ella respiró hondo, porque no sabía cuál sería la respuesta de él—, algo está pasando conmigo. Yo también quiero conversar con mi ángel.

Se levantó, fue hasta donde él estaba. Comenzó a recoger las toallas de papel esparcidas por el suelo.

—¿Me haces un favor? —dijo, mirando a su marido al fondo de los ojos—. No me abandones a medio camino.

L a estación de gasolina tenía una pequeña cafetería al fondo. Se sentaron cerca de la ventana de vidrio. Acababan de despertar y el mundo estaba quieto. Allá afuera, la planicie, la inmensa recta asfaltada y el silencio.

Chris sintió nostalgia por Borrego Springs, por Gringo Pass y por Indio. En aquellos lugares el desierto tenía rostro, montañas, valles, historias de pioneros y conquistadores.

Pero aquí todo lo que podía ver era la inmensidad vacía. Y el sol. El sol que dentro de poco pintaría todo de amarillo, elevaría la temperatura hasta los 55 °C a la sombra (aunque no hubiese sombra) y volvería la vida insoportable para hombres y animales.

Un muchacho vino a atenderlos. Era chino y todavía hablaba con acento; no debía llevar ahí mucho tiempo. Chris imaginó cuántas vueltas tuvo que dar el mundo para traer a ese chino a una cafetería en medio del desierto.

Pidieron café, huevos, tocino y tostadas. Y continuaron en silencio.

Chris reparó en los ojos del chico —parecían estar clavados en el horizonte, parecían los ojos de quien tiene el alma crecida.

Pero no, él no hacía un ejercicio sagrado, ni intentaba desarrollarse espiritualmente. Era aquélla una mirada de tedio. El muchacho no estaba viendo nada, ni el desierto, ni la carretera, ni a los dos parroquianos que aparecieron muy temprano en la mañana. Se limitaba a repetir los movimientos que le habían enseñado: poner café en la máquina, freír huevos, decir "¿puedo ayudarlos?" o "gracias", como si fuese un animal amaestrado, sin sentimientos ni reflejos. El sentido de su vida parecía haberse quedado en China, o desaparecido en la inmensidad de la planicie sin árboles ni peñascos.

Llegó el café. Comenzaron a beberlo sin prisa. No tenían adónde ir.

Paulo miró el auto allá afuera. De nada había servido limpiarlo dos días atrás. De nuevo estaba cubierto de polvo.

Escucharon, a lo lejos, un leve ruido. Dentro de poco pasaría el primer camión del día. El chico haría a un lado su sopor, los huevos y el tocino, e iría a mirar hacia afuera intentando identificar algo, queriendo sentirse parte de un mundo que se movía, que pasaba frente a la cafetería. Era todo lo que podía hacer: mirar a lo lejos y ver el mundo pasar. Probablemente ya no soñaba con largarse un día de la cafetería y pedir aventón a uno de aquellos camiones. Estaba viciado en el Silencio y el Vacío.

El ruido comenzó a aumentar y no parecía ser el motor de un camión. Por un instante, el corazón de Paulo se llenó de esperanza. Pero era sólo esperanza, nada más. Trató de no pensar en eso.

Poco a poco, el ruido fue creciendo. Chris se volvió para ver lo que ocurría allá afuera.

Paulo mantuvo los ojos fijos en el café. Tenía miedo de que ella percibiera su ansiedad.

Los vidrios del restaurante temblaron levemente con el ruido. El muchacho no parecía darle mucha importancia; conocía aquel sonido y no le gustaba.

Pero Chris observaba fascinada. El horizonte se llenó de brillo, el sol se reflejaba en los metales, y en su imaginación, el ruido parecía sacudir la hierba, el asfalto, el techo, el restaurante, las vidrieras.

Con un estruendo, ellas entraron en la gasolinera, y la carretera recta, el desierto plano, la hierba rastrera, el muchacho chino y los dos brasileños que buscaban a un ángel, todo fue afectado por aquella presencia.

L os hermosos caballos dieron vueltas y más vueltas por la gasolinera, peligrosamente próximos uno del otro, los látigos estallando en el aire, las manos enguantadas agitándose con la habilidad y el peligro. Ellas gritaban como *cowboys* manejando su ganado; querían despertar al desierto, decir que estaban vivas y alegres a causa de la mañana. Paulo había levantado la mirada y observaba fascinado, pero el miedo permanecía en su corazón. Podría ser que no se detuviesen ahí, que estuviesen haciendo todo aquello sólo para despabilar al muchacho chino, para explicarle que existía la vida, la alegría, la habilidad.

De repente, obedeciendo a una señal invisible, los animales se detuvieron.

Las Valkirias desmontaron. Las vestimentas de cuero, los pañuelos coloridos tapando parte de los rostros, mostrando sólo los ojos, para no respirar el polvo.

Se quitaron los pañuelos y se limpiaron las ropas negras, sacudiendo el desierto de sus cuerpos. Después se los amarraron al cuello y entraron en la cafetería.

Eran ocho mujeres.

No pidieron nada. El muchacho chino parecía saber lo que querían; ya estaba poniendo huevos, tocino y tostadas en la plancha caliente. Incluso con toda aquella gente, seguía pareciendo una máquina obediente.

—¿Por qué está apagada la radio? —preguntó una de ellas.

La obediente máquina china encendió el aparato.

—Súbele —dijo otra.

El robot chino subió el volumen al máximo. La sensación era que, de repente, la olvidada estación de gasolina se había transformado en una discoteca de Nueva York. Algunas de las mujeres seguían el ritmo con las palmas, mientras otras intentaban conversar a gritos, en medio de todo aquel escándalo.

Pero una de ellas no se movía; no se interesaba por la conversación, ni por las palmas, ni por el desayuno.

Miraba fijamente a Paulo. Y Paulo, apoyando el mentón en la mano izquierda, sostenía la mirada de la mujer.

Chris también la observó. Parecía ser la más vieja, con los cabellos rojos, ensortijados, largos.

Sintió una punzada en el corazón. Algo extraño, muy extraño, estaba ocurriendo, aunque no sabía explicarlo. Quizás el hecho de haber mirado el horizonte todos esos días, o haber entrenado sin cesar para realizar la canalización, estuviese cambiando la manera en que percibía las cosas a su alrededor. Los presentimientos estaban presentes y se manifestaban.

Fingió no darse cuenta de que los dos se miraban. Pero su corazón enviaba señales extrañas y no podía saber si eran buenas o malas.

"Took tenía razón —pensaba Paulo—. Dijo que sería muy fácil establecer contacto con ellas."

Poco a poco, las otras Valkirias notaron lo que pasaba. Primero observaron a la más vieja y, siguiendo su mirada, contemplaron la mesa a la que Paulo y Chris estaban sentados. Ya no hablaban ni acompañaban con su cuerpo el ritmo de la música.

—Apaga la radio —le dijo al chino la más vieja.

Como siempre, él obedeció. Ahora, el único ruido que podía escucharse era el de los huevos y el tocino friéndose en la plancha.

L a más vieja se levantó y se dirigió a la mesa. Se quedó de pie al lado de ambos. Las otras observaban la escena.

—¿Dónde conseguiste este anillo? —preguntó.

—En la misma tienda en la que compraste tu broche —respondió él.

Fue entonces cuando Chris notó un broche de metal prendido en la chaqueta de cuero. Tenía el mismo diseño que el anillo que Paulo usaba en el dedo anular de la mano izquierda.

"Por eso se puso la mano en el mentón."

Ella había visto ya muchos anillos de la Tradición de la Luna —de todos colores, metales y estilos—, siempre en forma de serpiente, el símbolo de la sabiduría. Sin embargo, nunca vio uno semejante al de su marido. Una de las primeras providencias de J. había sido entregarle aquel anillo, diciéndole que así completaba "la Tradición de la Luna, un ciclo ininterrumpido por el miedo". Era el año de 1982 y ella estaba con Paulo y con J. en Noruega.

Y ahora, en medio del desierto, una mujer con un broche. El mismo diseño.

"Las mujeres siempre se fijan en las joyas."

—¿Qué quieres? —volvió a preguntar la pelirroja.

Paulo también se puso de pie. Ambos se miraron, frente a frente. El corazón de Chris se aceleró más todavía; tenía la absoluta certeza de que no eran celos.

—¿Qué quieres? —repitió ella.

—Hablar con mi ángel. Y algo más.

Ella tomó la mano de Paulo. Pasó sus dedos por el anillo y, por primera vez, hubo un toque femenino en aquella mujer.

—Si compraste este anillo en la misma tienda que yo, debes saber cómo hacerlo —dijo, con los ojos fijos en la serpiente—. Si no lo compraste, véndemelo. Es una bella joya.

No era una joya. Era sólo un anillo de plata, con dos serpientes. Cada serpiente tenía dos cabezas, y el diseño era muy simple.

Paulo no respondió.

—Tú no sabes hablar con ángeles y este anillo no es tuyo —dijo la Valkiria después de algún tiempo.

—Sí sé. Canalización.

—Exacto—respondió la mujer—. Sólo eso.

—Dije que quería algo más.

—¿Qué?

—Took vio a su ángel. Quiero ver al mío. Conversar con él, frente a frente.

—¿Took?

Los ojos de la pelirroja recorrieron el pasado, intentando recordar quién era Took, dónde vivía.

—Sí, ahora recuerdo —dijo—. Él vive en el desierto. Justamente porque vio a su ángel.

—No. Él aprende a ser un Maestro.

—Este asunto de ver al ángel es pura leyenda. Basta conversar con él.

Paulo dio un paso en dirección a la Valkiria.

CHRIS CONOCÍA EL TRUCO que su marido estaba utilizando: él lo llamaba "desestabilización". Normalmente, dos personas conversan siempre manteniendo un brazo de distancia entre ellas. Cuando una se acerca demasiado, el raciocinio de la otra se desorienta, sin que se dé cuenta de lo que está ocurriendo.

—Quiero ver a mi ángel —él estaba muy cerca de la mujer y mantenía los ojos fijos en ella.

—¿Para qué? —la Valkiria parecía intimidada. El truco estaba dando resultado.

—Porque estoy desesperado y necesito ayuda. Conquisté muchas cosas que eran importantes para mí, y voy a destruirlas porque me digo a mí mismo que ya perdieron sentido. Sé que es mentira: siguen siendo importantes, y si las destruyo, me estaré destruyendo a mí mismo también —mantenía el mismo tono de voz, sin demostrar ninguna emoción por lo que decía—. Cuando descubrí que para hablar con el ángel bastaba la canalización, perdí el interés. Dejó de ser un desafío, era algo que ya conocía bien. Entonces noté que mi camino en la magia estaba a punto de terminar; lo Desconocido me estaba siendo demasiado familiar.

Chris estaba sorprendida por la confesión, hecha en un lugar público, delante de personas a las que nunca había visto.

—Para seguir en este camino, necesito algo más grande —concluyó él—. Necesito montañas cada vez más altas.

La Valkiria permaneció un momento sin decir nada. Ella también estaba sorprendida con las palabras del extranjero.

—Si te enseño cómo ver un ángel, el deseo de buscar montañas cada vez más altas puede desaparecer —dijo, finalmente—. Y eso no siempre es bueno.

—No, nunca va a desaparecer. Lo que va a evaporarse es esa idea de que las montañas conquistadas son demasiado bajas. Conservaré la llama de mi amor por aquello que logré. Era lo que mi maestro estaba intentando decirme.

"Quizás esté hablando también del matrimonio", pensó Chris.

La Valkiria extendió su mano hacia Paulo.

—Mi nombre es M. —dijo.

—El mío es S. —respondió Paulo.

CHRIS SE LLEVÓ un susto. ¡Paulo había dado a conocer su nombre mágico! Pocas, poquísimas personas conocían ese secreto, ya que la única manera de causarle daño a un mago es usando su nombre mágico. Por eso, sólo quien fuese de absoluta confianza podía saberlo.

Paulo acababa de conocer a aquella mujer. No podía confiar tanto en ella.

—PUEDES LLAMARME Vahalla —dijo la pelirroja.

"Recuerda el nombre del paraíso vikingo", pensó Paulo, mientras le daba también su nombre de pila.

La pelirroja pareció relajarse un poco. Miró por primera vez a Chris, que estaba sentada a la mesa.

—Para ver a un ángel se necesitan tres cosas —continuó la mujer, volviendo a mirar a Paulo, como si Chris no existiera—. Y, además de esas tres cosas, es preciso tener coraje.

"Coraje de mujer, el verdadero coraje. No coraje de hombre."

Paulo fingió no darle importancia.

—Mañana estaremos cerca de Tucson —dijo Vahalla—. Ven a reunirte con nosotros al mediodía, si tu anillo es verdadero.

Paulo fue al auto, trajo el mapa, y Vahalla le mostró el sitio exacto del encuentro. El chino colocó los huevos y el tocino en una mesa, y una de las Valkirias avisó a la pelirroja que su desayuno se estaba enfriando. Ella volvió a su lugar en la terraza, pidiendo al chino que encendiera de nuevo la radio.

—¿Cuáles son las tres condiciones para conversar con el ángel? —preguntó él, cuando ella iba saliendo.

—Romper un acuerdo. Aceptar un perdón. Y hacer una apuesta —respondió Vahalla.

M iró la ciudad, allá abajo. Por primera vez en casi tres semanas, estaban en un hotel de verdad, con servicio al cuarto, bar y desayuno en la cama.

Eran las seis de la tarde; acostumbraba practicar el ejercicio de canalización a esa hora. Pero Paulo dormía profundamente.

Chris sabía que el encuentro de aquella mañana en la estación de gasolina lo había cambiado todo; si quería conversar con su ángel, tendría que hacerlo por sí misma.

Hablaron poco en el viaje a Tucson. Ella se limitó a preguntar por qué él había revelado su nombre mágico. Paulo respondió que Vahalla le había dado el suyo, en una demostración de valor y confianza, y que él no había podido quedarse atrás.

Podía ser que estuviese diciendo la verdad. Pero Chris pensaba que, incluso esta noche, Paulo la llamaría para tener una conversación.

Era mujer, podía percibir cosas que los hombres no veían.

BAJÓ, FUE A LA ADMINISTRACIÓN, preguntó dónde estaba la librería más cercana. No había ninguna. Era necesario ir en auto hasta un centro comercial.

Dudó por algunos momentos. Terminó por subir de nuevo y tomó la llave. Estaban en una ciudad grande; si Paulo despertaba, pensaría lo que todo hombre piensa respecto a las mujeres: que había salido para mirar las tiendas.

SE PERDIÓ EN EL TRÁNSITO varias veces, pero acabó descubriendo un gigantesco centro comercial (o *mall*, como le llamaban ahí). En uno de los locales encontró un cerrajero y mandó hacer una copia de la llave del auto.

Quería tener una. Sólo por seguridad.

Después buscó la librería. Hojeó un libro y encontró lo que estaba buscando.

WALKIRIAS: ninfas del palacio de Votan.

No tenía idea de quién era Votan. Pero no era importante.

MENSAJERAS DE LOS DIOSES, conducían a los héroes a la muerte, y después al Paraíso.

Mensajeras. Como los ángeles. Muerte y Paraíso. También como los ángeles.

Excitan a los combatientes por el amor que su encanto inspira en sus corazones, y por el ejemplo de bravura ante las batallas, montadas en corceles rápidos como las nubes y ensordecedores como la tempestad.

No podían haber elegido un nombre más apropiado, pensó.

SIMBOLIZAN AL MISMO tiempo la embriaguez del coraje y el reposo del guerrero, la aventura del amor en la lucha, el encuentro y la pérdida.

Sí, con toda certeza, Paulo querría conversar con aquella mujer.

Bajaron para comer en el restaurante del hotel vecino, aunque Paulo insistió mucho en que salieran un poco para conocer la gran ciudad enclavada en pleno desierto. Sin embargo, Chris dijo que estaba cansada, quería dormirse temprano, aprovechar la comodidad.

Pasaron toda la comida hablando de trivialidades. Paulo se mostraba exageradamente gentil; ella conocía a su marido, sabía que estaba buscando el momento adecuado. Entonces fingió prestar atención a todo y demostró mucha animación cuando él dijo que en Tucson estaba el museo más completo sobre el desierto de que se tiene noticia.

Él estaba contento con el interés que ella mostraba. Entusiasmado, dijo que ahí se podían ver coyotes, serpientes, escorpiones, todo con completa seguridad y con información seria al respecto. Se podía pasar todo el día ahí.

Ella dijo que le gustaría mucho visitar el museo.

—Ve a conocerlo mañana —sugirió Paulo.

—Pero Vahalla nos citó al mediodía.

—No es necesario que vayas.

—Extraña hora —respondió ella—. Nadie anda mucho tiempo en el desierto al mediodía. Lo aprendimos de la peor manera posible.

Paulo también había pensado que aquello era extraño. Pero no quería perder la oportunidad; tenía miedo de que Vahalla cambiase de idea, a pesar del anillo y de todo.

Él cambió el tema y Chris saboreó la ansiedad de su esposo. Volvieron a hablar de cosas triviales por un tiempo más. Se bebieron una botella entera de vino y el sueño acudió rápido. Paulo sugirió que subieran a la habitación.

—No sé si debes ir mañana —dijo él, introduciendo la frase en medio de otra conversación.

Chris ya había saboreado todo lo que quería —la comida, el lugar, la ansiedad de Paulo—. Le gustaba confirmar por sí misma que conocía bien al hombre que se hallaba a su lado. Pero ahora se estaba haciendo realmente tarde; era hora de ser definitiva al respecto.

—Voy contigo. De cualquier manera.

Él se irritó. Dijo que ella tenía celos y estropeaba su proceso.

—¿Celos de quién?

—De las Valkirias. De Vahalla.

—Qué tontería.

—Pero ésta es *mi* búsqueda. Vine contigo porque quería estar a tu lado, pero hay ciertas cosas que debo hacer solo.

—Quiero ir contigo —dijo ella.

—La magia nunca fue importante en tu vida. ¿Por qué ahora sí?

—Porque ya comencé. Y pedí no ser abandonada a medio camino —respondió, poniendo punto final a la conversación.

El silencio era total.

Desde hacía bastante tiempo, Chris había estado sosteniendo la mirada de la mujer.

Todos —Paulo incluido— usaban anteojos oscuros.

Todos menos ella y Vahalla. Se quitó las gafas para que la Valkiria supiese que estaba mirándola a los ojos.

Los minutos corrían y nadie decía nada. La única palabra pronunciada en todo aquel tiempo había sido el "¡hola!" de Paulo cuando llegaron al lugar indicado. El saludo quedó sin respuesta. Vahalla se aproximó y se paró delante de Chris.

Y, desde aquel instante, nada más había ocurrido.

"Veinte minutos", pensó para sí misma. Pero no sabía exactamente cuánto tiempo había transcurrido. El brillo del sol, el calor y el silencio confundían las cosas en su cabeza.

Intentó distraerse un poco. Estaban al pie de una montaña —¡qué bueno, el desierto volvía a tener montañas!—.

Detrás de Vahalla había una puerta enclavada en la roca. Comenzó a imaginar adónde llevaría esa puerta y notó que ya no lograba pensar correctamente. Igual que aquel día en que volvían del lago de sal.

Las otras Valkirias formaban un semicírculo, montadas en caballos silenciosos; traían los pañuelos en la cabeza, a la manera de los gitanos y los piratas. Vahalla era la única con la cabeza descubierta; su pañuelo estaba en su cuello. Parecía no darle importancia al sol.

No había sudor; la resequedad del aire era tan grande que todo líquido se evaporaba inmediatamente, como había dicho Took. Chris sabía que se estaban deshidratando con rapidez.

Aunque hubiese bebido toda el agua que pudiera, aunque se hubiese preparado para el mediodía en el desierto. Aunque no estuviese desnuda.

"Pero ella me está desnudando con los ojos —pensó—. No de la manera en que lo hacen los hombres en la calle, sino de la manera —de la terrible manera— en que las mujeres lo hacen cuando…"

Había un límite. Ella no sabía cuál era, ni cómo, ni cuándo, pero dentro de poco el sol comenzaría a hacer estragos. Mientras tanto, todos continuaban inmóviles —y todo eso sucedía por su causa, porque ella insistió en quedarse cerca—; *mensajeras de los dioses, conducían a los héroes a la muerte y al Paraíso.*

Había cometido una estupidez, pero ahora era tarde. Vino porque su ángel la había mandado; él había dicho que Paulo la necesitaría aquella tarde.

"No, no fue una estupidez. Él insistió en que yo viniera", pensó. Su ángel; ¡estaba conversando con él! Nadie lo sabía. Ni Paulo.

Comenzó a sentirse confundida y tuvo la certeza de que pronto se desmayaría. Pero llegaría hasta el fin. Ahora ya no era cuestión de estar al lado de su marido, obedecer a su ángel, tener celos. Ahora era el orgullo de una mujer ante otra.

—PONTE LOS LENTES —dijo Vahalla—. Esta luz puede cegar.

—Tú no los traes puestos —respondió Chris—. Y no tienes miedo.

Vahalla hizo una señal. Y, de repente, el sol pareció multiplicarse en decenas de soles.

Las Valkirias estaban haciendo que el sol se reflejara en el metal de los arreos y dirigían todos los rayos a su rostro. Ella vio un semicírculo brillante, cerró un poco los párpados y mantuvo la mirada fija en la Valkiria.

Sin embargo, ahora no podía mirarla bien. Ella parecía crecer, crecer, y la confusión en su mente aumentaba. Sintió que iba a caer y, en ese momento, unos brazos cubiertos de cuero la sostuvieron.

PAULO AYUDÓ a Vahalla a tomar a su mujer en brazos. Podía haber evitado todo aquello. Podía haber insistido en que se quedara en el hotel, no importaba lo que estuviera pensando. Desde el momento en que vio el broche, supo a qué Tradición pertenecían las Valkirias.

Ellas también habían visto su anillo y sabían que él ya había sido probado en muchas cosas y que sería difícil asustarlo. Pero harían todo para probar la fibra de cualquier extraño que se acercase al grupo. Como su mujer, por ejemplo.

No obstante, no podían impedir que Chris, ni nadie —pero nadie—, conociera lo que conocían. Habían hecho un juramento: todo lo que estaba oculto debía ser revelado. Chris estaba siendo probada ahora en la primera gran virtud de quien busca el camino espiritual: el coraje.

—AYÚDAME —dijo la Valkiria.

Paulo se aproximó y ayudó a sostener a la mujer. La llevaron al auto y la acostaron en el asiento trasero.

—No te preocupes. Volverá en sí en unos instantes. Con un gran dolor de cabeza.

Él no estaba preocupado. Estaba orgulloso.

Vahalla fue hasta su caballo y trajo una cantimplora. Paulo notó que se había puesto los anteojos oscuros —también debía haber llegado a su límite—.

Derramó un poco de agua en la frente de Chris, en sus muñecas y atrás de las orejas. Ella abrió los ojos, parpadeó un poco y se sentó.

—Romper un acuerdo —dijo, mirando a la Valkiria.

—Eres una mujer interesante —respondió Vahalla, pasando la mano por su rostro—. Ponte los lentes.

Vahalla acariciaba los cabellos de Chris. Y aunque ambas estuviesen ahora con los anteojos puestos, Paulo sabía que seguían mirándose.

CAMINARON HASTA la extraña puerta de la montaña. Ahí, Vahalla se volvió hacia las otras Valkirias.

—Por el amor. Por la victoria. Y por la gloria de Dios.

Eran las palabras de quienes conocían a los ángeles. La misma frase de J.

Los animales, que hasta ahora habían estado silenciosos e inmóviles, comenzaron a moverse. Una nube de polvo cubrió el lugar; las Valkirias hicieron las mismas locuras que realizaron en la gasolinera, pasando muy cerca una de otra, y minutos después desaparecieron por uno de los lados de la montaña.

Entonces, Vahalla se volvió hacia ellos:

—Entremos —dijo.

No había una puerta, sino una reja. Al frente, un letrero:

PELIGRO
EL GOBIERNO FEDERAL PROHÍBE
LA ENTRADA
LOS INFRACTORES SERÁN PROCESADOS

—No lo creas —dijo la Valkiria—. Ellos no tienen cómo vigilar esto.

E ra una vieja mina de oro abandonada. Vahalla llevaba una linterna, y comenzaron a caminar con cuidado para no golpearse la cabeza con las vigas del techo. Paulo notó que, aquí y allá, la tierra se había deslizado. Quizás fuese realmente peligroso, pero no era momento de pensar en eso.

A medida que entraban, la temperatura iba descendiendo, hasta volverse agradable. Temía que les faltara el aire, pero Vahalla andaba como si conociera muy bien el lugar; ya debía haber estado ahí muchas veces, y seguía viva. Tampoco era momento de pensar en eso.

Después de diez minutos de caminata, la Valkiria se detuvo. Se sentaron en el suelo y ella colocó la linterna en medio de los tres.

—Ángeles —dijo—. Los ángeles son visibles para quien acepta la luz. Y rompe el acuerdo con las tinieblas.

—No tengo un acuerdo con las tinieblas —respondió Paulo—. Lo tuve, pero ya no más.

—No hablo del acuerdo con Lucifer, ni con Satanás, ni con... —de repente, ella comenzó a decir el nombre de diversos demonios y su rostro parecía extraño.

—No pronuncies esos nombres —interrumpió Paulo—. Dios está en las palabras, y el demonio también.

Vahalla rió.

—Parece que aprendiste la lección. Ahora rompe el acuerdo.

—No tengo acuerdo con el mal —repitió.

—Hablo del contrato de derrota.

Paulo recordó lo que J. había dicho: el hombre siempre destruye aquello que más ama. Pero J. no habló de acuerdos; conocía a Paulo lo suficiente para saber que su pacto con el mal se había roto hacía mucho tiempo. El silencio dentro de la mina era peor que el del desierto. No se oía absolutamente nada, excepto la voz de Vahalla, que parecía diferente.

—Tenemos un contrato entre nosotros: no vencer, cuando es posible la victoria —insistió ella.

—Jamás hice un acuerdo así —dijo Paulo por tercera vez.

—Todos lo hacen. En algún momento de la vida, todos nosotros hacemos ese acuerdo. Por eso hay un ángel con una espada de fuego en la puerta del Paraíso. Para dejar entrar sólo a los que rompen ese acuerdo.

Sí, ella tiene razón, pensaba Chris. Todos lo hacen.

—¿Crees que soy bonita? —preguntó Vahalla, cambiando de nuevo el tono de su voz.

—Eres una mujer hermosa —respondió Paulo.

—Un día, cuando era adolescente, vi llorar a mi mejor amiga. Salíamos juntas siempre, sentíamos un inmenso amor una por la otra, y le pregunté qué pasaba. Después de mucho insistir, ella acabó contándome que su novio estaba enamorado de mí. Yo no lo sabía, pero ese día hice el acuerdo. Sin comprender bien por qué, comencé a engordar, a cuidar mal de mi cuerpo, a ponerme fea. Porque, inconscientemente, creía que mi belleza era una maldición, hacía sufrir a mi mejor amiga.

"En poco tiempo, comencé a destruir también el sentido de mi vida, porque ya no estaba unida a mí misma. Hasta que llegó el momento en que todo a mi alrededor se volvió insoportable; pensé en morir."

Vahalla rió.

—Como ves, rompí el acuerdo.

—Es verdad —dijo Paulo.

—Sí, es verdad —dijo Chris—. Eres hermosa.

—Estamos en el vientre de la montaña —continuó la Valkiria—. Allá afuera brilla el sol, y aquí todo es oscuro. Pero la temperatura es agradable; podemos dormir, no tenemos que preocuparnos por nada. Aquí está la oscuridad del Acuerdo.

Se llevó la mano al cierre de su chaqueta de cuero.

—Rompe el acuerdo —dijo—. Por la gloria de Dios. Por el amor. Y por la victoria.

Comenzó a bajar el cierre lentamente. No usaba nada debajo. Aparecieron los senos.

Y la luz de la linterna hizo brillar, entre ellos, una medalla de oro.

—Tómala —dijo.

Paulo tocó la medalla. El arcángel Miguel.

—Quítala de mi cuello.

Él retiró la medalla y la mantuvo entre sus manos.

—Sujeten ambos la medalla.

—¡No necesito ver a mi ángel! —era la primera vez que Chris hablaba desde que entraron en la mina—. ¡No lo necesito, me basta hablar con él!

Paulo se incorporó con la medalla en la mano.

—Ya inicié esa conversación —continuó Chris—. Sé que puedo y eso basta.

Paulo no lo creyó. Pero Vahalla sabía que era verdad; lo había visto en sus ojos, cuando estaban afuera. Sabía también que su ángel quería que estuviese ahí, junto a su marido.

Aun así, fue preciso poner a prueba su coraje. Era la regla de la Tradición.

—Está bien —dijo la Valkiria.

Con un rápido movimiento, apagó la linterna. Y la oscuridad fue completa.

—COLOCA LA CADENA en tu cuello —le dijo a Paulo—. Y sujeta la medalla con las dos manos unidas, en oración.

Paulo hizo lo que ella ordenaba. Tenía miedo de una oscuridad tan completa; recordaba cosas que no quería recordar.

Sintió que Vahalla se aproximaba por detrás. Sus manos tocaron la cabeza de Paulo.

La oscuridad parecía sólida. Nada, ni un resquicio de luz entraba ahí.

Vahalla comenzó a decir una oración en una lengua extraña. Primero, él intentó identificar lo que ella decía. Después, a medida que los dedos de ella se deslizaban por su cabeza, Paulo sintió que la medalla se calentaba. Se concentró en el calor en sus manos.

La oscuridad se transformaba. Varias escenas de su vida comenzaron a pasar delante de él. Luz y sombras, luz y sombras y, de repente, estaba de nuevo en la oscuridad.

—No quiero acordarme de eso —pidió a la Valkiria.

—Recuerda. Sea lo que fuere, procura acordarte de cada minuto.

La oscuridad le mostraba terrores. Terrores ocurridos catorce años atrás.

H abía una nota encima de la mesa del desayunador. "Te amo. Regreso pronto." Abajo, ella escribió la fecha completa: "25 de mayo de 1974".
Qué gracioso. Ponerle fecha a una nota de amor.

Había despertado un poco aturdido, todavía sorprendido por el sueño. En él, el director del estudio de grabación le ofrecía un empleo. No necesitaba un trabajo: era el director quien funcionaba como su empleado —de él y de su socio—. Los discos estaban en los primeros lugares de popularidad, vendían miles de copias, y las cartas llegaban desde todos los rincones de Brasil. Las personas querían saber qué era la Sociedad Alternativa.

"Basta prestar atención a la letra de la canción", pensó para sí. No era una canción, era el mantra de un ritual mágico, con las palabras de la Bestia del Apocalipsis leídas al revés, en voz baja. Quien cantara aquella canción estaría invocando a las fuerzas de las Tinieblas. Y todos la cantaban.

Él y su socio lo habían preparado todo. El dinero ganado por los derechos de autor estaba siendo destinado a la compra de un terreno cerca de Río de Janeiro. Ahí, sin que lo supiera el gobierno militar, recrearían lo que, casi cien años atrás, la Bestia trató de hacer en Cefalú, Sicilia. Pero la Bestia fue expulsada por las autoridades italianas. Anduvo errante por muchos lugares; no conseguía discípulos en número suficiente ni sabía cómo ganar dinero. A todos les decía que su número era 666, que venía a crear un mundo donde los fuertes serían servidos por los débiles, y la única ley sería hacer cualquier *cosa que se viniera en gana. Pero no supo explicar bien sus ideas; pocas personas habían tomado en serio sus palabras.*

Él y su socio, Raul Seixas, bueno, ¡eran otra cosa! Raul cantaba, el país entero escuchaba. Eran jóvenes, estaban ganando dinero. Sí, era cierto que Brasil vivía bajo una dictadura militar, pero el gobierno estaba preocupado por los guerrilleros. No perdía su tiempo con un cantante de rock; muy al contrario: las autoridades pensaban que aquello mantenía a los jóvenes alejados del comunismo.

TOMÓ EL CAFÉ *y se asomó a la ventana. Iría a dar un paseo y después se encontraría con su socio. No tenía la menor importancia que nadie lo conociera y que su amigo fuera famoso. Lo que contaba era que estaba ganando dinero; eso le permitiría poner sus ideas en marcha. Las personas del medio musical y las personas del medio mágico, ¡ah, ellas sabían! El anonimato respecto al gran público era incluso gracioso: más de una vez saboreó el gusto de ver a alguien comentando su trabajo, sin darse cuenta de que el autor estaba cerca, escuchando.*

Se volvió para ponerse los tenis. Cuando se agachó, sintió un vértigo.

Levantó la cabeza. El departamento parecía más oscuro de lo que debía estar. Hacía sol allá afuera, él acababa de mirar por la ventana. Algo se estaría quemando, un aparato eléctrico quizás, porque la estufa estaba apagada. Buscó en todos los rincones. Nada.

El aire era denso. Decidió salir de inmediato; se puso los tenis de cualquier forma y, por primera vez, aceptó el hecho de que se sentía mal.

"Puede ser algo que comí", se dijo. Pero cuando comía alguna cosa mala, su cuerpo entero le daba la señal, ya sabía eso. No tenía náuseas ni vómito. Sólo aquel aturdimiento que no quería ceder.

Oscuro. La oscuridad aumentaba cada vez más, parecía una nube cenicienta a su alrededor. Sintió el vértigo de nuevo. Sí, tenía que ser algo que había comido, "o tal vez un efecto retardado del ácido", pensó. Pero si no había con-

sumido LSD hacía casi cinco años. Los efectos retardados habían desaparecido en los primeros seis meses, y nunca más volvieron.

Tenía miedo, necesitaba salir.

ABRIÓ LA PUERTA; *el vértigo iba y venía, y podía sentirse mal en la calle. Era arriesgado salir, mejor quedarse en casa y esperar. Tenía esa nota encima de la mesa —dentro de poco ella estaría en casa—; podía esperar. Saldrían juntos a la farmacia, o a un médico, aunque detestara a los médicos. No podía ser nada grave. Nadie tiene un ataque al corazón a los veintiséis años.*

Nadie.

Se sentó en el sillón. Necesitaba distraerse, no debía pensar en ella, si no el tiempo se haría más lento. Intentó leer el periódico, pero el vértigo, el aturdimiento, iban y venían, cada vez con más fuerza. Algo estaba ocurriendo dentro de un agujero negro que parecía formarse en medio de la sala. Comenzó a escuchar ruidos —risas, voces, cosas rompiéndose—. Nunca le había pasado algo así, ¡nunca! Siempre que tomaba algo, sabía que estaba drogado, que era una alucinación y que pasaría con el tiempo. Pero esto... ¡esto era terriblemente real!

No, no podía ser real. La realidad eran los tapetes, la cortina, el estante, la mesa del desayunador todavía con restos de pan. Hizo un esfuerzo por concentrarse en el escenario que lo rodeaba, pero la sensación del agujero negro frente a él, las voces, las risas, todo seguía.

Definitivamente, nada de eso estaba ocurriendo. Había practicado magia durante seis años. Había hecho todos los rituales. Sabía que todo no pasaba de ser una sugestión, un efecto psicológico —todo jugaba con la imaginación—, nada más.

EL PÁNICO AUMENTABA, el vértigo se hacía más fuerte, arrastrándolo hacia fuera del cuerpo, hacia un mundo oscuro, hacia aquellas risas, aquellas voces, aquellos ruidos —¡reales!—.

"No puedo tener miedo. El miedo hace que la cosa vuelva."

Intentó controlarse, fue hasta el lavabo y se echó agua en la cara. Se sintió mejor, la sensación parecía haber terminado. Se puso los tenis y trató de olvidarse de todo. Jugó con la idea de contar a su socio que había entrado en un trance, que había tenido contacto con los demonios.

Y fue sólo al pensar en eso, que el vértigo volvió con más fuerza.

"Regreso pronto", decía la nota, ¡y ella no llegaba!

"Nunca obtuve resultados concretos en el plano astral." Nunca había visto nada. Ni ángeles, ni demonios, ni espíritus de los muertos. La Bestia escribió en su diario que materializaba cosas, pero era mentira; la Bestia no había llegado a eso, él lo sabía. La Bestia había fracasado. A él le gustaban sus ideas porque eran ideas rebeldes, chic, de las cuales pocas personas habían escuchado hablar. Y las personas siempre respetan más a quien dice cosas que nadie entiende. Del resto —Hare Krishna, Hijos de Dios, Iglesia de Satán, Maharishi—, del resto todos participaban. La Bestia ¡era la Bestia sólo para los elegidos! "La ley del más fuerte", decía uno de sus textos. La Bestia estaba en la portada del Sargent Pepper's, uno de los discos más conocidos de los Beatles, y casi nadie lo sabía. Tal vez ni los Beatles supieron lo que hacían cuando pusieron ahí aquella fotografía.

El teléfono comenzó a sonar. Podía ser su novia. Pero si había escrito "regreso pronto", ¿para qué telefonear?

Sólo si algo estuviera ocurriendo.

Por eso ella no llegaba. El vértigo volvía ahora en intervalos más cortos, y todo se ponía negro de repente. Sabía —algo se lo decía— que no podía dejar que aquella sensación tomara el control. Algo terrible podía suceder; quizás entrase ahí, en aquella oscuridad, y nunca más saliese. Necesitaba mantener el control a cualquier precio, necesitaba ocupar su mente, o aquella cosa lo dominaría.

El teléfono. Se concentró en el teléfono. Hablar, conversar, distraer el pensamiento, llevarlo lejos de aquella oscuridad; aquel teléfono era un milagro, una salida. Eso lo sabía. De alguna manera sabía que no se podía entregar. Necesitaba contestar el teléfono.

—¿Hola?

Era una voz de mujer. Pero no era su novia, era Argéles.

—¿Paulo?

Él se quedó quieto.

—Paulo, ¿me escuchas? ¡Necesito que vengas a mi casa! ¡Está ocurriendo algo muy raro!

—¿Qué está ocurriendo?

—¡Tú lo sabes, Paulo! ¡Explícamelo, por el amor de Dios!

Colgó antes de escuchar lo que no quería. No era un efecto retardado de la droga. No era un síntoma de locura. No era un ataque cardiaco. Era real. Argéles participaba en los rituales, y "aquello" también le estaba pasando a ella.

Entró en pánico. Permaneció algunos minutos sin pensar, y la oscuridad fue aproximándose a él, llegando cada vez más cerca, haciendo que pisara la orilla del lago de la muerte.

Iba a morir, por todo lo que había hecho sin pensar, por tanta gente involucrada sin saber, por tanto mal esparcido bajo la forma de bien. Moriría, y las Tinieblas existían, porque se manifestaban ahora, ante sus ojos, mostrando que las cosas dejaban un día de funcionar, cobraban su precio por el tiempo que fueron usadas, y él tenía que pagar —¡porque no había querido saber el precio antes, pensó que era gratis, que todo era mentira o sugestión de la mente!—.

Los años en el colegio jesuita volvieron, y él pidió fuerzas para llegar hasta una iglesia, pedir perdón, pedir a Dios que al menos salvara su alma. Necesitaba lograrlo. Cuando mantenía la mente ocupada, conseguía dominar un poco el vértigo. Requería de tiempo suficiente para ir a la iglesia… ¡Qué idea ridícula!

Miró el estante. Decidió saber cuántos discos tenía —¡a fin de cuentas, siempre lo había pospuesto!—. Sí, era muy importante saber el número exacto de sus discos, y comenzó a contar: uno, dos, tres... ¡lo lograba! Lograba controlar el vértigo, el agujero negro que lo arrastraba. Contó todos los discos —y los recontó para ver si estaba en lo cierto—. Ahora los libros. Necesitaba saber cuántos libros tenía. ¿Tenía más libros que discos? Comenzó a contar. El vértigo paraba, y tenía muchos libros. Y revistas. Y periódicos alternativos. Contaría todo, lo anotaría en un papel, sabría realmente cuántas cosas poseía. Era importantísimo.

ESTABA CONTANDO los cubiertos cuando la llave giró en la cerradura. Finalmente, ella estaba llegando. Pero no podía distraerse; no podía siquiera hablar sobre lo que estaba ocurriendo; en algún momento, aquello tendría que parar. Estaba seguro de eso.

Ella fue directo a la cocina y lo abrazó llorando.

—Auxilio... me pasa algo raro. ¡Tú sabes qué es, ayúdame!

Él no quería perder la cuenta de los cubiertos, era su salvación. Mantener la mente ocupada. Mejor hubiera sido que ella no hubiese llegado, no estaba ayudando en nada. Y pensaba como Argéles, que él lo sabía todo, que sabía cómo parar aquello.

—¡Mantener la mente ocupada! —gritó, como si estuviese poseído—. ¡Cuenta cuántos discos tienes! ¡Y cuántos libros!

Ella lo miró sin entender. Y como un robot, caminó en dirección al estante. Pero no consiguió llegar a él. De repente, se tiró al suelo.

—Quiero a mi mamá... —repetía en voz baja—. Quiero a mi mamá...

Él también quería a la suya. Quería llamar a sus padres, pedir socorro —los padres que no veía nunca, que pertenecían a un mundo burgués, abandonado hacía mucho—. Trató de seguir contando los cubiertos, pero ella estaba ahí, llorando como una criatura, arrancándose sus propios cabellos.

Aquello era demasiado. Él era responsable de lo que estaba ocurriendo, porque la amaba, y le había enseñado los rituales, garantizado que ella conseguiría lo que quisiera, que las cosas mejoraban cada día (¡aunque ni por un

momento creyese en lo que él mismo decía!). Ahora ella estaba ahí, pidiendo
ayuda, confiando en él, y él no sabía qué hacer.

Por un instante pensó en darle otra orden, pero ya había olvidado cuán-
tos cubiertos poseía, y el agujero negro apareció de nuevo con fuerza.

—Ayúdame tú —dijo—. Yo no sé.

Y comenzó a llorar.

Lloraba de miedo, como cuando era niño. Quería a sus padres, como ella.
Estaba sudando frío y tenía la certeza de que moriría. La tomó de la mano;
las manos de ella también estaban frías, aunque la ropa estuviese empapada
en sudor. Fue al baño para lavarse la cara; eso era lo que hacían cuando el
efecto de la droga era muy fuerte. Funcionaba también para "aquello", él ya
lo había experimentado. El pasillo parecía inmenso, la cosa ahora era más
fuerte. Ya no contaba discos, libros, lápices, cubiertos. Ya no tenía cómo huir.

"Agua corriente."

El pensamiento provenía de otro rincón de su cabeza, un lugar donde la
oscuridad no parecía penetrar. ¡Agua corriente! Sí, existía el poder de las tinie-
blas, el delirio, la locura… ¡pero también existían otras cosas!

—Agua corriente —le dijo a ella, mientras se mojaban la cara—. El
agua corriente aparta el mal.

Ella percibió la seguridad que había en la voz de él. Él sabía, lo sabía
todo. Iba a salvarla.

Él abrió la regadera y ambos entraron —con ropa, documentos, dinero—.
El agua fría empapó sus cuerpos, y por primera vez desde que se había des-
pertado, sentía cierto alivio. El vértigo cedía. Se quedaron una, dos, tres horas
debajo del chorro, sin hablar, temblando de frío y de miedo. Salió de la regadera
sólo una vez, para llamar a Argéles y pedirle que hiciera lo mismo. El vértigo
volvió, y tuvo que regresar corriendo a meterse bajo el agua. Ahí todo parecía estar
tranquilo, pero necesitaba desesperadamente entender lo que estaba ocurriendo.

—Nunca creí —dijo.

Ella lo miró sin entender. Hacía dos años eran hippies *sin un centavo,*
y ahora las canciones de él se escuchaban del norte al sur del país. Estaba en

la cúspide del éxito, aunque pocas personas supieran su nombre; y decía que todo aquello era fruto de los rituales, de los estudios ocultos, del poder de la magia.

—Nunca creí —continuó—. ¡O no me habría arriesgado por esos caminos! Jamás me habría arriesgado, ni te hubiera puesto en peligro a ti.

—¡Haz algo, por el amor de Dios! —dijo ella—. ¡No podemos quedarnos para siempre aquí bajo el chorro!

Salió una vez más de la regadera, y de nuevo experimentó el aturdimiento, el hoyo negro. Fue al estante y volvió con una Biblia. Tenía una Biblia en casa —sólo para leer el Apocalipsis, tener la seguridad de que existía el reino de la Bestia—. Hacía todo lo que mandaban los seguidores de la Bestia y, en el fondo, no creía en nada.

—Recémosle a Dios —pidió.

Se sentía ridículo, desmoralizado ante la mujer que había intentado impresionar durante todos aquellos años. Era débil, iba a morir, necesitaba humillarse, pedir perdón. Lo más importante ahora era salvar su alma. Al final, todo era verdad.

Abrazó la Biblia y rezó las oraciones que aprendiera en la infancia: padrenuestro, avemaría, el credo. Ella se mostró renuente al principio, pero después se le unió.

Entonces, él abrió el libro al azar. El agua de la regadera castigaba las páginas, pero él lograba leer la historia de alguien que le solicita algo a Jesús, y éste le pide al sujeto que tenga fe. El sujeto responde: "Señor, yo creo. Ayúdame en mi incredulidad".

—¡Señor, yo creo, ayúdame en mi incredulidad! —gritó, entre el sonido del agua que caía.

—¡Yo creo, Señor, ayúdame en mi incredulidad! —dijo ella en voz baja, entre lágrimas.

Comenzó a sentirse extrañamente sereno. Si existía el mal terrible que experimentaban, entonces era verdad que el reino de los cielos también existía y, con él, todo lo que había aprendido y negado durante toda su vida.

—*Existe una vida eterna* —dijo, *incluso sabiendo que ella nunca más creería en sus palabras*—. *No me importa morir. Tú tampoco debes tener miedo.*

—*No tengo miedo* —*respondió ella*—. *No tengo miedo, pero creo que esto es una injusticia. Una pena.*

Tenían veintiséis años. Era realmente una pena.

—*Vivimos todo lo que alguien de nuestra edad puede vivir* —*respondió él*—. *Hay gente que ni siquiera se acerca a eso.*

—*Es cierto* —*dijo ella*—. *Podemos morir.*

Él levantó el rostro y el ruido del agua en sus oídos parecía un trueno. Ya no estaba llorando ni tenía miedo; sólo pagaba el precio de su osadía.

—*Señor, yo creo, ayúdame en mi incredulidad* —*repitió*—. *Queremos hacer un intercambio. Ofrecemos cualquier cosa, absolutamente cualquier cosa por la salvación de nuestras almas. Ofrecemos nuestras vidas, o todo lo que tenemos. Acéptalo, Señor.*

Ella lo miraba con desprecio. El hombre que admiraba tanto. El poderoso, el misterioso, el hombre valiente que admiraba tanto, que había convencido a tantas personas sobre la Sociedad Alternativa, que pregonaba un mundo donde todo estaba permitido, donde los fuertes dominarían a los débiles. Aquel hombre estaba ahí, llorando, llamando a su madre, rezando como un niño y diciendo que siempre había tenido valor, porque no creía en nada.

Él se volvió, pidió que los dos miraran hacia arriba e hiciesen el intercambio. Ella lo hizo. Había perdido su hombre, su fe, su esperanza. Ya no tenía nada que perder.

ENTONCES ÉL PUSO la mano en la llave y lentamente comenzó a cerrarla. Ahora podían morir, Dios los había perdonado.

El chorro de agua se convirtió en gotas, y después hubo un completo silencio. Ambos, empapados hasta los huesos, se miraron. El vértigo, el agujero negro, las risas y los ruidos, todo había desaparecido.

Estaba recostado en el regazo de una mujer, y lloraba. La mano de ella acariciaba sus cabellos.

—Hice ese acuerdo —dijo, entre lágrimas.

—No —respondió la mujer—. Fue un intercambio. Y hubo un intercambio.

Paulo sujetó con más fuerza la medalla del arcángel. Sí, hubo un intercambio, y el castigo vino con toda severidad. Dos días después de aquella mañana de 1974, eran arrestados por la policía política brasileña, acusados de subversión a causa de la Sociedad Alternativa. Lo encerraron en una celda oscura, igual al túnel negro que había visto en su sala; fue amenazado de muerte, apresado, pero era un intercambio. Cuando salió, rompió con su socio y fue expulsado durante mucho tiempo del mundo musical. Nadie le daba empleo —pero era un intercambio—.

Otras personas del grupo no habían realizado el intercambio. Sobrevivieron al "agujero negro" y lo tildaron de cobarde. Perdió amigos, seguridad, ganas de vivir. Pasó años con temor de salir a la calle —el vértigo podía volver, los policías podían volver—. Y, todavía peor, desde que salió de prisión, nunca más volvió a ver a su compañera. En ciertos momentos se arrepentía de haber hecho el intercambio; era preferible morir a seguir viviendo de aquella forma. Pero ahora era tarde para cambiar de nuevo.

—Hubo un acuerdo —insistió Vahalla—. ¿Cuál fue ese acuerdo?

—Prometí abandonar mis sueños —dijo.

Durante siete años pagó el precio del intercambio, pero Dios era generoso y permitió que reconstruyera su vida. El director del estudio de grabación, precisamente aquel con quien había soñado aquella mañana de mayo, le consiguió un trabajo y se convirtió en su único amigo. Volvió a componer, pero siempre que su obra comenzaba a crecer, algo terminaba ocurriendo y echándolo todo por la borda.

"Destruimos siempre aquello que más amamos"; recordó lo que J. había dicho.

—Siempre creí que era parte del intercambio —dijo.

—No —respondió Vahalla—. Dios fue duro. Pero tú fuiste más duro que Él.

—Prometí jamás crecer de nuevo. Creí que nunca más tendría seguridad en mis palabras.

La Valkiria apretó la cabeza de él contra sus senos desnudos.

—Háblame de los terrores —dijo—. Del terror que vi a tu lado cuando nos encontramos en aquella cafetería.

—El terror... —no sabía cómo comenzar, porque parecía que estaba diciendo un absurdo—. El terror no me deja dormir por la noche, ni descansar durante el día.

Ahora, Chris entendía a su ángel. Necesitaba estar ahí, escuchando todo aquello, porque él jamás le había contado...

—... y ahora tengo una mujer a la que amo, encontré a J., recorrí el sagrado Camino de Santiago y escribí libros. De nuevo estoy siendo fiel a mis sueños, y ése es el terror. Porque todo marcha como yo quería, y sé que en breve todo será destruido.

Era terrible decir aquello. Jamás lo había comentado con nadie, ni consigo mismo. Sabía que Chris estaba ahí, escuchándolo todo, y sentía vergüenza.

—Así ocurrió con las canciones —prosiguió, forzándose a dejar salir las palabras—. Y así ocurrió con todo lo que hice desde entonces. Nada duró más de dos años.

Sintió las manos de Vahalla retirando la medalla de su cuello. Él se levantó. No quería que ella encendiera la luz, no tenía el valor de enfrentar a Chris.

Pero Vahalla encendió la linterna, y los tres comenzaron a salir en silencio.

—NOSOTRAS DOS saldremos antes y tú vendrás después —dijo Vahalla, cuando casi estaban llegando al final del túnel.

Paulo estaba seguro de que, así como lo hiciera su novia catorce años atrás, Chris nunca volvería a confiar en él.

—Hoy creo en lo que hago —intentó decir, antes de que ambas se alejaran. La frase sonaba como una disculpa, una justificación.

Nadie le respondió. Dieron algunos pasos más, y Vahalla apagó la linterna. Ya entraba luz suficiente como para que pudiesen salir.

—A partir del momento en que pongas los pies allá afuera —dijo la Valkiria—, promete, en nombre del arcángel San Miguel, que nunca más, NUNCA MÁS levantarás la mano contra ti mismo.

—Tengo miedo de decir eso —respondió él—. Porque no sé cómo cumplirlo.

—No tienes elección, si es que quieres ver a tu ángel.

—Yo no sabía lo que estaba haciendo conmigo mismo, y puedo seguir traicionándome.

—Ahora ya lo sabes —repuso Vahalla—. Y la verdad te hace libre.

Paulo asintió.

—Todavía habrá muchos problemas en tu vida. Cosas difíciles o cosas pasajeras. Pero, a partir de ahora, sólo la mano de Dios será responsable de todo. Tú ya no vas a interferir.

—Lo prometo, en el nombre de San Miguel.

AMBAS SALIERON. Él aguardó un momento y comenzó a caminar. Ya había estado suficiente tiempo en las tinieblas.

Los rayos, reflejados en la roca, indicaban el camino. Había una puerta enrejada, una puerta que daba a un reino prohibido, una puerta que lo asustaba, porque ahí estaba el reino de la luz, y él había vivido muchos años en la oscuridad. Una puerta que parecía cerrada y, sin embargo, quien se acercara a ella descubriría que estaba abierta.

La puerta de la luz estaba delante de él. Quería atravesarla. Podía ver el sol dorado brillando allá afuera; decidió no ponerse los anteojos oscuros. Necesitaba luz. Sabía que el arcángel Miguel estaba a su lado, barriendo las tinieblas con su lanza.

Durante años había creído en la mano implacable de Dios, en su castigo. Pero fue su propia mano, y no la de Dios, la que causó tanta destrucción. Nunca más, en todo el resto de su vida, haría eso otra vez.

—Rompo el acuerdo —dijo a las tinieblas de la mina y a la luz del desierto—. Dios tiene el derecho de destruirme. Yo no tengo ese derecho.

Pensó en los libros que había escrito y se sintió feliz. El año terminaría sin ningún problema, porque el acuerdo estaba roto. Con toda certeza surgirían problemas en su trabajo, en el amor, en el camino de la magia —cosas serias o cosas pasajeras, como dijera Vahalla—. Pero, a partir de ahora, lucharía hombro con hombro con su ángel de la guarda.

—Debes haber hecho un gran esfuerzo —dijo a su ángel—. Y, al final, yo lo arruinaba todo y tú te quedabas sin entender.

Su ángel estaba escuchando. Él también sabía del acuerdo y se sintió contento de ya no tener que gastar sus energías evitando que Paulo se destruyera.

ENCONTRÓ LA ABERTURA en la puerta y salió. El sol dorado lo cegó por mucho tiempo, pero mantuvo los ojos abiertos, necesitaba luz. Vio las siluetas de Vahalla y Chris aproximándose.

—Pon la mano en su hombro —dijo la Valkiria a la mujer—. Sé testigo.

Chris obedeció.

Vahalla sacó un poco de agua de su cantimplora e hizo una cruz en su cabeza, como si lo bautizara de nuevo. Entonces se arrodilló y les pidió que la imitaran.

—En nombre del arcángel Miguel, el acuerdo fue reconocido por el cielo. En nombre del arcángel Miguel, el acuerdo fue roto.

Puso la medalla en su cabeza y pidió que repitieran sus palabras.

Santo ángel del Señor,
mi celoso guardián…

La oración de la infancia hacía eco en las paredes de las montañas y se esparcía por aquella parte del desierto.

Si a ti me confío
la piedad divina
siempre me acompaña y me protege
me gobierna y me ilumina.
Amén.

—Amén —dijo Chris.
—Amén —repitió él.

L as personas se aproximaron. Había curiosidad en sus ojos.

—Son lesbianas —dijo alguien.

—Están locas —dijo otro.

Las Valkirias amarraron un pañuelo con otro hasta formar una especie de cuerda. Después se sentaron en el suelo, en círculo, los brazos apoyados en las rodillas, sujetando los pañuelos unidos.

Vahalla estaba en el centro, de pie. La gente siguió llegando. Cuando se hubo formado una pequeña multitud, las Valkirias entonaron un salmo.

En las orillas de los ríos de Babilonia
nos sentamos y lloramos.
Colgamos nuestras arpas
en los sauces que ahí encontramos.

La gente miraba sin entender nada. No era la primera vez que aquellas mujeres aparecían en la ciudad. Ya habían estado ahí antes, hablando de cosas extrañas, aunque ciertas palabras se parecieran a las que los pastores pronunciaban en la televisión.

—Tengan valor —la voz de Vahalla sonaba alta y firme—. Abran su corazón y escuchen lo que él les está diciendo. Persigan sus sueños, porque sólo un hombre que no tiene vergüenza de sí mismo es capaz de manifestar la gloria de Dios.

—El desierto enloquece —comentó una mujer.

Algunas personas se apartaron. Estaban hartas de prédicas religiosas.

—No existe el pecado más allá de la falta de amor —continuó Vahalla—. Tengan valor, sean capaces de amar, aunque el amor les parezca algo traicionero y terrible. Alégrense en el amor. Alégrense en la victoria. Sigan aquello que ordenen sus corazones.

—Es imposible —dijo alguien en la multitud—. Tenemos obligaciones que cumplir.

Vahalla se volvió en dirección a la voz. Estaba lográndolo —¡al menos las personas prestaban atención!—. Muy distinto de cinco años atrás, cuando caminaban por el desierto, llegaban a las ciudades y nadie se les acercaba.

—Existen los hijos. Existen el marido y la mujer. Existe el dinero que hay que ganar —dijo otra persona.

—Cumplan entonces con sus obligaciones. Pero eso jamás impedirá que alguien persiga sus sueños. Recuerden que son una manifestación de lo Absoluto, y hagan en esta vida sólo aquellas cosas que *valgan la pena*. Sólo quienes actúen así entenderán las grandes transformaciones que están por venir.

"La Conspiración", pensó Chris mientras escuchaba. Recordó un tiempo en que iba a cantar en la plaza, con otros miembros de su iglesia, para salvar a los hombres del pecado. En aquella época no hablaban de un tiempo nuevo; hablaban del regreso de Cristo, de los castigos y del infierno. No había una conspiración, como ahora.

Caminó entre la multitud y vio a Paulo. Estaba en una banca, lejos de la aglomeración. Decidió ir con él.

—¿Cuánto tiempo viajaremos con ellas? —preguntó.

—Hasta que Vahalla me enseñe cómo ver a los ángeles.

—Pero ya pasó casi un mes.

—Ella no puede negarse. Hizo el juramento de la Tradición. Y tendrá que cumplirlo.

LA MULTITUD AUMENTABA cada vez más. Chris pensaba en cuán difícil debía ser hablar a aquellas personas.

—No las tomarán en serio —comentó—. No con esas vestimentas y esos caballos.

—Pelean por ideas muy antiguas —dijo Paulo—. Hoy en día los soldados usan camuflaje, se disfrazan, se ocultan. Pero los guerreros antiguos iban a los campos de batalla con sus ropas más coloridas y vistosas.

"Querían que el enemigo los viera. Estaban orgullosos de la lucha."

—¿Por qué actúan así? ¿Por qué predican en las plazas públicas, en los bares, en medio del desierto? ¿Por qué nos ayudan a hablar con los ángeles?

Paulo encendió un cigarrillo.

—Tienes razón en esa tontería tuya —dijo Paulo—. Existe una conspiración.

Ella rió. Si tuviese razón, Paulo ya se lo habría dicho antes. No, no existía una conspiración. Ella creó la denominación porque los amigos de su marido parecían agentes secretos, siempre preocupados por no hablar de ciertas cosas delante de otros, siempre cambiando el tema, aunque juraran, a pie juntillas, que no había nada de oculto en la Tradición.

Empero, Paulo parecía estar hablando en serio.

—Las puertas del Paraíso se abrieron de nuevo —dijo—. Dios apartó al ángel que estaba en la puerta, con la espada de fuego. Por cierto tiempo, nadie sabe exactamente cuánto, cualquiera puede entrar, siempre que se dé cuenta de que las puertas están abiertas.

Mientras hablaba con Chris, Paulo se acordó de la vieja mina de oro abandonada. Hasta aquel día —una semana atrás—, había elegido estar fuera del Paraíso.

—¿Quién lo garantiza? —preguntó ella.

—La Fe. Y la Tradición —fue la respuesta.

Fueron adonde estaba un vendedor ambulante y compraron helados. Vahalla seguía hablando, y su discurso parecía no tener fin. Dentro de poco representarían aquella extraña pieza teatral, usando a los espectadores, y sólo entonces el mitin habría terminado.

—¿Todos saben de las puertas abiertas? —preguntó ella.

—Algunas personas lo perciben, y están llamando a las otras. Pero hay un problema.

Paulo señaló un monumento que estaba en medio de la plaza.

—Supongamos que ése es el Paraíso. Y cada persona está en un lugar de esta plaza.

—Cada una tiene un camino distinto para llegar ahí.

—Por eso las personas hablan con sus ángeles. Porque solamente ellos conocen el mejor camino. De nada sirve recorrer el de otros.

"¡Sigan sus sueños y corran sus riesgos!", escuchó decir a Vahalla.

—¿Cómo será este mundo?

—Será sólo para quienes entren en el Paraíso —respondió Paulo—. El mundo de la "Conspiración", como tú lo llamas. El mundo de las personas capaces de ver las transformaciones del presente, de la gente con el valor de vivir sus sueños, escuchar a sus ángeles. Un mundo de todos los que crean en él.

Hubo un barullo entre los espectadores. Chris sabía que la pieza de teatro había comenzado. Tuvo ganas de ir a verla, pero lo que Paulo decía era mucho más importante.

—Durante siglos, lloramos en las márgenes de los ríos de
Babilonia —continuó él—. Colgamos nuestras arpas, teníamos
prohibido cantar; fuimos perseguidos, masacrados, pero nunca
olvidamos que había una tierra prometida. La Tradición sobrevi-
vió a todo.

”Aprendimos a luchar, estamos fortalecidos por esa lucha.
Ahora las personas vuelven a hablar del mundo espiritual, lo que
hace pocos años parecía cosa de gente ignorante, conformista, y
existe un hilo invisible que une a los que están del lado de la luz,
como los pañuelos atados de las Valkirias. Y este hilo forma un
cordón fuerte, brillante, sujetado por los ángeles; un barandal que
los más sensibles perciben y en el que podemos apoyarnos. Porque somos muchos, esparcidos por todo el mundo. Movidos por la
misma fe.”

—Todos los días le ponen un nombre a ese mundo —dijo
ella—. Nueva Era, Sexta Raza Dorada, Séptimo Rayo, etcétera.

—Pero es el mismo mundo. Te lo garantizo.

Chris miró a Vahalla, en el centro de la plaza, hablando de
ángeles.

—¿Y por qué intenta ella convencer a los demás?

—No, ella no pretende eso. Venimos del Paraíso, nos disper-
samos por la Tierra, y estamos volviendo a él. Vahalla pide a la
gente que pague el precio de ese regreso.

Chris recordó la tarde en la mina.

—A veces es un precio muy alto.

—Puede ser. Pero hay personas que están dispuestas a pagarlo.
Saben que las palabras de Vahalla son verdaderas, porque les
recuerdan algo que han olvidado. Todos llevan aún en el alma
las memorias y las visiones del Paraíso. Y pueden pasar años sin
recordar, hasta que algo sucede: un hijo, una pérdida grave, la sensación de peligro inminente, una puesta de sol, un libro, una can-

ción o un grupo de mujeres con ropa de cuero hablando de Dios. Cualquier cosa. De repente, esas personas recuerdan.

"Esto es lo que Vahalla está haciendo. Recordar que existe un lugar. Algunos escuchan, otros no. Estos últimos pasarán ante la puerta sin verla."

—Pero ella habla de este nuevo mundo.

—Son sólo palabras. En realidad, ellas descolgaron sus arpas del sauce y están tocando otra vez; y millones de personas en el mundo entero cantan nuevamente las alegrías de la Tierra Prometida. Nadie está solo ya.

Escucharon el ruido de los caballos. La pieza había terminado. Paulo comenzó a andar en dirección al auto.

—¿Por qué nunca comentaste esto conmigo? —preguntó ella.

—Porque tú ya lo sabías.

Sí, ella sabía. Pero sólo ahora había recordado.

L as Valkirias continuaban con rumbo al Valle de la Muerte. Iban de ciudad en ciudad con sus caballos, sus látigos, sus pañuelos, sus vestimentas extrañas. Y hablaban de Dios.

Paulo y Chris seguían con ellas. Cuando acampaban cerca de las ciudades, ellos dormían en hoteles. Cuando paraban en medio del desierto, dormían en el auto. Ellas encendían una fogata, y el desierto dejaba de ser peligroso de noche, los animales no se acercaban. Podían dormir escuchando el aullido de los coyotes y mirando las estrellas.

A partir de esa tarde en la mina, Paulo comenzó a practicar la canalización. Tenía miedo de que Chris pensara que él no sabía bien lo que enseñaba.

—Conozco a J. —dijo ella cuando tocaron el tema—. No necesitas probarme nada.

—Mi novia de aquella época también conocía a la persona que me enseñaba —respondió él.

Se sentaban juntos todas las tardes, derribaban la barrera de la segunda mente, le rezaban a su ángel e invocaban su presencia.

—Creo en este nuevo mundo —le dijo a Chris cuando terminaron un ejercicio más de canalización.

—Estoy segura de que crees. O no harías las cosas que haces en tu vida.

—Aun así, no sé si me comporto a la altura.

—Sé generoso contigo mismo —respondió ella—. Estás dando lo mejor de ti; pocas personas salen por el mundo en pos de los ángeles. No olvides que has roto el acuerdo.

El acuerdo roto en la mina: ¡J. se pondría feliz! Aunque Paulo tenía la certeza de que él ya lo sabía todo, y por eso no había impedido el viaje por el desierto.

CUANDO AMBOS acababan sus ejercicios de canalización, se quedaban horas enteras hablando de ángeles. Pero conversaban sólo entre ellos; Vahalla nunca más volvió a tocar el tema.

EN UNA DE AQUELLAS TARDES, después de la conversación, buscó a la Valkiria.

—Conoces la Tradición —le dijo—. No puedes interrumpir un proceso que comenzaste.

—No estoy interrumpiendo nada —repuso ella.

—Pero dentro de poco tendré que volver a Brasil. Todavía me falta aceptar el perdón. Y hacer una apuesta.

—No estoy interrumpiendo el proceso —repitió ella.

Sugirió que fuesen a dar un largo paseo a pie por el desierto. Se sentaron uno junto al otro, contemplaron la puesta de sol, hablaron de rituales y ceremonias. Vahalla preguntó sobre la forma que J. tenía de enseñar, y Paulo quiso saber los resultados de la prédica en el desierto.

—Preparo el camino —dijo ella displicentemente—. Cumplo con mi parte, y espero cumplirla hasta el final. Después sabré cuál será el próximo paso.

—¿Cómo sabrás que llegó el momento de parar?

Vahalla mostró el horizonte.

—Tenemos que dar once vueltas por el desierto, pasar once veces por los mismos lugares, repetir once veces las mismas cosas. Fue todo lo que dijeron que hiciera.

—¿Tu maestro te lo dijo?

—No. El arcángel Miguel.

—¿Y qué vuelta es ésta?

—La décima.

La Valkiria se recostó en el hombro de Paulo y permaneció largo tiempo en silencio. Él sintió deseos de acariciar sus cabellos, ponérsela en el regazo, como ella había hecho con él en la mina abandonada. Era una guerrera y también necesitaba reposo.

Dudó todavía un momento, pero desistió. Y ambos volvieron al campamento.

A medida que pasaban los días, Paulo comenzó a sospechar que Vahalla le estaba enseñando todo cuanto necesitaba saber, sólo que a la manera de Took: sin mostrar directamente el camino. Empezó entonces a observar todo lo que hacían las Valkirias; podía descubrir una pista, una enseñanza, una nueva práctica. Y cuando Vahalla lo llamó para ver el atardecer en el desierto —ahora ella hacía esto siempre—, resolvió abordar el asunto.

—Nada te prohíbe que me enseñes directamente —dijo—. Tú no eres una maestra. No eres como Took, o como J., o como yo mismo, que conocemos dos Tradiciones.

—Sí soy una maestra. Aprendí a través de la revelación. Es cierto que no tomé cursos, no participé en *convens** ni me inscribí en sociedades secretas. Pero sé muchas cosas que tú no sabes, porque el arcángel Miguel me las enseñó.

—Por eso estoy aquí. Para aprender.

Ambos estaban sentados en la arena, recostados en una roca. Vahalla le pidió a Paulo que abriera las piernas.

* No existe una traducción precisa de esta palabra. Significa una asamblea de personas, maestros y discípulos, con fines rituales. (Nota del autor.)

—Necesito cariño —dijo—. Necesito mucho cariño.

Paulo abrió las piernas. Vahalla abandonó su lugar y se acostó en medio de ellas, con la cabeza apoyada en su regazo. Permanecieron largo tiempo en silencio, mirando el horizonte.

Fue Paulo quien habló primero. No le gustaba lo que iba a decir, pero era preciso.

—Sabes que en breve partiré.

Aguardó la reacción. Ella no dijo nada.

—Necesito aprender cómo ver al ángel. Creo que tú ya me estás enseñando, y yo no me estoy dando cuenta.

—No. Mis enseñanzas son claras como el sol del desierto.

Paulo acarició los cabellos rojos que cubrían su regazo.

—Tienes una bella mujer —dijo Vahalla.

Paulo entendió el comentario y retiró las manos.

AL VOLVER AL LADO DE CHRIS, aquella noche, le comentó lo que Vahalla había dicho sobre ella. Chris sonrió, y no dijo nada.

Siguieron viajando juntos. Incluso después del comentario de Vahalla sobre la claridad de sus enseñanzas, Paulo continuaba prestando atención a todo lo que las Valkirias hacían. Pero la rutina no se alteraba mucho: viajar, hablar en las plazas, ejecutar los rituales que él ya conocía, y seguir adelante.

Y conquistar. Conquistaban a los hombres que encontraban en el camino. Generalmente eran viajeros solitarios, montados en potentes motocicletas, con el valor suficiente para aproximarse al grupo. Cuando eso sucedía, había un acuerdo —tácito— de que Vahalla tenía derecho de primera elección. Si no se interesaba en él, cualquier otra podía acercarse al recién llegado.

Los hombres no lo sabían. Tenían la sensación de que estaban con la mujer que ellos habían escogido, aunque la elección ya hubiese sido hecha mucho antes. Por ellas.

Las Valkirias bebían cerveza y hablaban de Dios. Realizaban rituales sagrados y enamoraban a los hombres en las rocas. En las ciudades más grandes, iban a algún lugar público a representar la extraña obra teatral, que involucraba a algunas personas del auditorio.

Al final, pedían al público que colaborara con algunas monedas. Vahalla nunca participaba del espectáculo, pero dirigía lo que ocurría; después pasaba su pañuelo entre los presentes. Siempre conseguía recolectar dinero suficiente.

Todas las tardes, antes de que Vahalla viniese a llamar a Paulo para pasear en el desierto, él y Chris practicaban la canalización y hablaban con sus ángeles. Aun cuando el canal todavía no estaba completamente abierto, sentían la presencia de la protección constante, del amor y de la paz. Escuchaban frases sin sentido, tenían algunas intuiciones, y muchas veces la única sensación era de alegría; nada más. Sin embargo, sabían que hablaban con los ángeles, y que los ángeles estaban contentos.

sí, los ÁNGELES estaban contentos porque habían sido contactados de nuevo. Cualquier persona que decidiese hablar con ellos descubriría que aquélla no era la primera vez. Ya habían hablado antes, en la infancia, cuando aparecían bajo la forma de "amigos ocultos", compañeros de largas conversaciones y juegos, apartando el mal y el peligro.

Y todo niño hablaba con su ángel de la guarda, hasta que llegaba el famoso día en que los padres notaban que el hijo estaba hablando con gente que "no existía". Entonces se sentían intrigados, culpaban al exceso de imaginación infantil, consultaban a pedagogos y psicólogos, y llegaban a la conclusión de que la criatura debía terminar con ese comportamiento.

Los padres siempre insistían en decir a los hijos que los amigos ocultos no existían, quizás porque habían olvidado que también ellos hablaron con los ángeles un día. O —¿quién sabe?— pensaban que vivían en un mundo que ya no tenía lugar para los ángeles. Desencantados, los ángeles volvían a Dios, sabiendo que no podían imponer su presencia.

Pero un nuevo mundo estaba comenzando. Los ángeles sabían dónde se hallaba la puerta del Paraíso y conducirían a ella a todos los que creyesen en ellos. Tal vez ni siquiera necesitaban creer: bastaba que *necesitaran* a los ángeles, y ellos regresaban con alegría.

Paulo pasaba las noches imaginando por qué Vahalla se comportaba en aquella forma, aplazando las cosas.

Chris sabía la respuesta. Y las Valkirias también la sabían, sin que nadie en el grupo hubiese hecho ningún comentario al respecto.

Chris esperaba el ataque. Más tarde o más temprano, sucedería. Por eso la Valkiria no se había librado de ellos, no les había enseñado el resto del encuentro con el ángel.

U na tarde comenzaron a aparecer inmensas montañas en el lado derecho de la carretera. Después, el lado izquierdo también se fue llenando de montañas, de cañones, mientras una gigantesca planicie de sal, que brillaba mucho, se formaba en el medio.

Llegaron al Valle de la Muerte.

Las Valkirias acamparon cerca de Furnace Creek, el único lugar, en muchos kilómetros de distancia, donde se podía conseguir agua. Chris y Paulo decidieron quedarse con ellas, porque el único hotel del Valle de la Muerte estaba cerrado.

Aquella noche, todo el grupo se sentó alrededor de la fogata, conversando sobre hombres, caballos y —por primera vez en muchos días— ángeles. Como hacían siempre antes de acostarse, las Valkirias amarraron los pañuelos, sujetaron el largo cordón así formado y repitieron una vez más el salmo que hablaba de los ríos de Babilonia y de las arpas colgadas en los sauces. No podían olvidar, nunca, que eran guerreras.

Concluido el ritual, el silencio descendió sobre el campamento y todos se fueron a dormir. Todos menos Vahalla.

Ella se apartó un poco del lugar y se quedó largo tiempo contemplando la luna en el cielo. Pidió a su arcángel Miguel que siguiera apareciéndosele, dándole buenos consejos y ayudándola a mantener su mano firme.

"Tú venciste en las batallas con otros ángeles —rezó—. Enséñame a vencer. Que no disperse a este rebaño de ocho personas, para que un día podamos ser miles, millones. Perdona mis errores y llena mi corazón de entusiasmo. Dame fuerzas para ser hombre y mujer, dura y suave.

"Que mi palabra sea tu lanza.

"Que mi amor sea tu balanza."

HIZO LA SEÑAL de la cruz y se quedó quieta, escuchando el aullido de un coyote en la distancia. No tenía sueño y comenzó a pensar un poco en su vida. Recordó el tiempo en que era sólo una empleada del Chase Manhattan Bank, en que su vida se resumía en su marido y sus dos hijos.

—Pero vi a mi ángel —dijo, dirigiéndose al desierto silencioso—. Él apareció cubierto de luz y me pidió que cumpliera esa misión. No me obligó, no me amenazó ni me prometió recompensas. Sólo pidió.

Abandonó todo al día siguiente y se fue a Mojave. Comenzó predicando sola, hablando de las puertas abiertas del Paraíso. El marido pidió el divorcio y consiguió la tutela de los hijos. No entendía bien por qué estaba haciendo aquello, pero siempre que lloraba de dolor y soledad, el ángel le contaba historias de otras mujeres que habían aceptado los mensajes de Dios; hablaba de la Virgen María, de Santa Teresa, de Juana de Arco. Decía que todo lo que el mundo necesitaba eran ejemplos, personas capaces de vivir sus sueños y luchar por sus ideas.

Permaneció casi un año viviendo cerca de Las Vegas. Gastó pronto el poco dinero que pudo llevar consigo, pasó hambre y durmió a la intemperie. Hasta que un día cayó en sus manos un poema.

Los versos contaban la historia de una santa, María Egipciaca. Ella viajaba hacia Jerusalén y no tenía dinero para pagar la travesía por un río. El barquero, mirando frente a sí a la bella mujer, le dijo que, aunque no dispusiera de dinero, tenía su cuerpo. María Egipciaca se entregó entonces al barquero. Cuando llegó a Jerusalén, su ángel se le apareció y la bendijo por su gesto. Después de su muerte fue canonizada por la Iglesia, a pesar de que hoy en día casi nadie la recuerde.

Vahalla interpretó la historia como una señal. Predicaba el nombre de Dios durante el día, y dos veces por semana iba a los casinos, conquistaba a algunos enamorados ricos y conseguía dinero. Nunca le preguntó a su ángel si estaba actuando bien, y él tampoco dijo nada.

Poco a poco, conducidas por las manos invisibles de otros ángeles, sus compañeras comenzaron a llegar.

—Falta sólo una vuelta —dijo de nuevo, en voz alta, al desierto silencioso—. Falta sólo una vuelta para que la misión se cumpla y yo pueda volver al mundo. No sé lo que me espera, pero quiero regresar. Necesito amor, cariño; necesito un hombre que me proteja en la Tierra, de la misma manera en que mi ángel me protege en el cielo. Cumplí mi parte; no me arrepiento, pero fue muy difícil.

Hizo de nuevo la señal de la cruz y regresó al campamento.

A l volver, se dio cuenta de que la pareja de brasileños seguía sentada frente a la hoguera, contemplando las llamas.

—¿Cuántos días faltan para completar cuarenta? —le preguntó a él.

—Once.

—Entonces, mañana a las diez de la noche, en el Cañón de Oro, te haré aceptar el perdón. El Ritual que Derrumba los Rituales.

Paulo quedó sorprendido. ¡Tenía razón! ¡La respuesta había estado todo el tiempo bajo su nariz!

—¿De qué manera? —preguntó.

—Por el odio —respondió Vahalla.

—Está bien —dijo, procurando disimular su sorpresa. Pero Vahalla sabía que Paulo jamás utilizaría el odio en el Ritual que Derrumba los Rituales.

Dejó a la pareja y fue hasta donde Rotha dormía. Pasó cariñosamente la mano por sus cabellos, hasta que la muchacha despertara; quizás estuviera haciendo contacto con los ángeles que aparecen en sueños, y Vahalla no quería interrumpir abruptamente la conversación.

Finalmente, Rotha abrió los ojos.

—Mañana aprenderás a aceptar el perdón —dijo Vahalla—. Y, pronto, también podrás ver a tu ángel.

—Pero ya soy una Valkiria.

—Claro. Y aunque no logres ver a tu ángel, seguirás siéndolo.

Rotha sonrió. Tenía veintitrés años y estaba orgullosa de andar por el desierto con Vahalla.

—No uses ropa de cuero mañana, desde el momento en que nazca el sol hasta acabar el Ritual que Derrumba los Rituales.

La abrazó con cariño.

—Ahora puedes volver a dormir —dijo.

PAULO Y CHRIS permanecieron contemplando el fuego durante casi media hora. Después colocaron algunas prendas de ropa como almohada y se prepararon para acostarse. Pensaban comprar sacos de dormir en cada ciudad grande por la que pasaban, pero no tenían paciencia para entrar en los almacenes ni para hacer compras. Además, tenían la esperanza de encontrar un hotel en cada rincón. Por eso, cuando necesitaban acampar con las Valkirias, se veían obligados a dormir dentro del auto o cerca de la hoguera. El cabello de ambos ya se había chamuscado varias veces con las chispas, pero nada más grave había ocurrido hasta el momento.

—¿Qué quiso decir? —preguntó Chris cuando ya estaban acostados.

—Nada importante —tenía sueño y había bebido un poco.

Pero Chris insistió. Necesitaba una respuesta.

—Todo en la vida es un ritual —dijo Paulo—. Para los brujos y para los que nunca han oído hablar de brujería. Tanto unos como otros intentan siempre ejecutar sus rituales a la perfección.

Chris entendía que los brujos tuviesen rituales, y que la vida común también los tuviese —matrimonios, bautizos, graduaciones—.

—No, no estoy hablando de esas cosas obvias —prosiguió él, impaciente; quería dormir, pero ella fingió no percibir la agresión—. Hablo de que todo es un ritual. Así como una misa es un gran ritual, compuesto de varias partes, un día en la vida de cualquier ser humano también lo es.

"Un ritual cuidadosamente elaborado, que él procura ejecutar con precisión porque tiene miedo de que todo se venga abajo si no cumple con cualquiera de las partes. El nombre de ese ritual es RUTINA."

Decidió sentarse. Estaba aturdido por la cerveza, y si seguía acostado, no lograría terminar la explicación.

—Mientras somos jóvenes, nada es demasiado grave. Pero lentamente, ese conjunto de rituales diarios se va solidificando y comienza a controlarnos. Una vez que las cosas empiezan a marchar más o menos como lo imaginamos, no nos atrevemos a romper el ritual y a correr riesgos. Fingimos protestar, pero nos conformamos con el hecho de que un día sea igual a otro. Por lo menos, así no existe el peligro inesperado.

"De esta forma, logramos evitar cualquier crecimiento interior o exterior; excepto aquellos ya previstos por el ritual: tantos hijos, tales ascensos, tales conquistas financieras.

"Cuando el ritual se consolida, el hombre pasa a ser su esclavo."

—¿Sucede eso también con los brujos y los magos?

—Claro. Usan el ritual para entrar en contacto con el mundo invisible, para destruir la segunda mente y penetrar en lo Extraordinario. Pero también para nosotros el terreno conquistado se vuelve familiar. Es preciso partir hacia nuevas tierras. Sin embargo, cualquier mago, cualquier bruja tiene miedo de cambiar de ritual. Miedo a lo desconocido, o miedo de que los nuevos rituales no funcionen; pero es un miedo irracional, fuertísimo, que jamás desaparece sin ayuda.

—¿Y qué es el Ritual que Derrumba los Rituales?

—Como el mago no logra cambiar sus rituales, la Tradición decide cambiar al mago. Es una especie de Teatro Sagrado, donde él necesita vivir un nuevo personaje.

Paulo se acostó de nuevo, se volteó para un lado y fingió dormir. Podía ser que ella pidiese más explicaciones y que quisiera saber por qué la Valkiria había mencionado el "odio".

Nunca se invocaban los sentimientos bajos en el Teatro Sagrado. Al contrario, las personas que participaban en él procuraban trabajar con el Bien, vivir personajes fuertes, iluminados. Así se convencían de que eran mejores de lo que pensaban y, cuando creían en esto, sus vidas se transformaban.

Trabajar los sentimientos bajos sería lo mismo. Él terminaría convenciéndose de que era peor de lo que imaginaba.

Pasaron la tarde del día siguiente visitando el Cañón de Oro, una serie de desfiladeros llenos de curvas tortuosas, con paredes de aproximadamente seis metros de altura. Al momento de la puesta de sol, mientras realizaban el ejercicio de canalización, entendieron por qué el sitio tenía ese nombre: los rayos se reflejaban en millones de minerales brillantes engarzados en las rocas, haciéndolas parecer de oro.

—Hoy será noche de luna llena —dijo Paulo.

Ya habían visto una luna llena en el desierto; era un espectáculo extraordinario.

—Hoy desperté pensando en un fragmento de la Biblia —continuó él—. Un fragmento de Salomón: "Está bien que retengas esto, y tampoco de aquello retires tu mano; pues quien teme a Dios saldrá ileso de todo".

—Extraño texto —dijo Chris.

—Muy extraño.

—Mi ángel habla conmigo cada vez más. Comienzo a entender sus palabras. Comprendo perfectamente lo que contaste en la mina, porque nunca creí que eso pudiera suceder.

Él se sintió complacido. Y contemplaron juntos el final de la tarde; esta vez, Vahalla no había aparecido para pasear con él.

L as piedritas brillantes que habían visto en la tarde ya no existían. La luna proyectaba en el desfiladero una luz extraña, fantasmagórica. Podían oír sus propios pasos en la arena, y caminaban sin hablar, atentos a cualquier ruido. No sabían dónde estaban reunidas las Valkirias.

Llegaron casi hasta el final, donde la senda se ensanchaba, formando un pequeño claro. No había rastros de ellas.

Chris rompió el silencio.

—Quizás desistieron —dijo.

Ella sabía que Vahalla prolongaría al máximo ese juego. Chris quería que acabara ya.

—Los animales están fuera de sus madrigueras. Tengo miedo de las víboras —continuó—. Vámonos.

Pero Paulo miraba hacia la cima.

—Mira —dijo—. No desistieron.

Chris siguió su mirada. En lo alto de la roca que formaba la pared derecha de la senda, un bulto femenino los observaba.

Ella sintió un escalofrío.

Otro bulto femenino se aproximó. Y otro más. Chris se dirigió al centro del claro; podía ver tres mujeres más del otro lado.

Faltaban dos.

—¡Bienvenidos al teatro! —la voz de Vahalla hizo eco entre las paredes de piedra—. ¡Han llegado los espectadores, y esperan que comience el espectáculo!

Era así como las Valkirias comenzaban sus piezas teatrales en las plazas públicas.

"Pero yo no estoy en el espectáculo", pensó Chris. Quién sabe, tal vez debiera subir a lo alto de la roca.

—Aquí, el precio de entrada se paga a la salida —continuó la voz, repitiendo lo que decían en las plazas—. Puede ser un precio alto, o podemos devolver las entradas. ¿Quieren correr el riesgo?

—Quiero —respondió Paulo.

—¿Por qué todo esto? —gritó Chris de repente—. ¿Por qué tanta escenificación, tanto ritual, tanta cosa para ver a un ángel? ¿No basta canalizar, hablar con él? ¿Por qué ustedes no se comportan como lo hacen todos, simplifican el contacto con Dios y con lo que hay de sagrado en este mundo?

No hubo respuesta. Paulo pensó que Chris estaba arruinándolo todo.

—El Ritual que Derrumba los Rituales —dijo una de las Valkirias, en lo alto del peñasco.

—¡Silencio! —gritó Vahalla—. ¡El público sólo se manifiesta al final! ¡Aplaude o vete, pero paga la entrada!

Finalmente, Vahalla apareció. Traía el pañuelo amarrado en la cabeza, como un indio. Acostumbraba colocárselo de esa forma cuando realizaban las oraciones al final del día. Era su corona.

Traía con ella a una muchacha descalza, de bermudas y camiseta. Cuando llegaron más cerca y la luz de la luna iluminó sus rostros, Chris vio que se trataba de una de las Valkirias, la más joven del grupo. Sin la ropa de cuero y el aire agresivo, no pasaba de ser casi una niña.

Vahalla colocó a la muchacha frente a Paulo. Comenzó a trazar un gran cuadrado a su alrededor. En cada una de las esquinas se detenía y decía unas palabras. Paulo y la chica repetían las palabras en latín, aun cuando ella se equivocó algunas veces y tuvieron que volver a comenzar.

"No sabe lo que está diciendo", pensaba Chris. Aquel cuadrado, y aquellas palabras, no formaban parte del espectáculo que representaban en las plazas.

Cuando terminó de marcar la arena, la Valkiria pidió a ambos que se acercaran, aunque ellos continuaban dentro del cuadrado y ella se mantenía fuera de él.

Vahalla se volvió hacia Paulo, miró en el fondo de sus ojos y le entregó su látigo.

—Guerrero, eres presa de tu destino, por el poder de estas líneas y de estos nombres sagrados. Guerrero vencedor de una batalla, estás en tu castillo y recibirás la recompensa.

Paulo edificó mentalmente las paredes del castillo. A partir de aquel momento, el desfiladero, las Valkirias, Chris, Vahalla, todo lo demás perdió importancia.

Era un actor del Teatro Sagrado. El Ritual que Derrumba los Rituales.

—Prisionera —dijo Vahalla a la chica—, es humillante tu derrota. No supiste defender a tu ejército con honor. Las Valkirias vendrán de los cielos a recoger tu cuerpo cuando mueras. Pero, hasta entonces, recibirás el merecido castigo de los perdedores.

Con un gesto abrupto, rasgó la blusa de la muchacha.

—¡Comienza el espectáculo! ¡He aquí, guerrero, tu trofeo!

Empujó a la chica con violencia. Ella cayó de mala manera y se hirió el mentón. Comenzó a salirle un poco de sangre.

Paulo se arrodilló a su lado. Sus manos apretaban el látigo de Vahalla, que parecía tener vida propia. Eso lo asustó, y por un momento salió de las paredes imaginarias del castillo y volvió al desfiladero.

—Se ha lastimado de verdad —dijo Paulo—. Necesita ayuda.

—¡Guerrero, he aquí tu trofeo! —repitió Vahalla, apartándose—. La mujer que conoce el secreto que buscas. Arráncale ese secreto, o desiste para siempre.

"Non nobis, Domine, non nobis. Sed nomini Tuo da Gloriam", dijo en voz baja, repitiendo el lema templario. Debía tomar una decisión rápida. Recordó la época en que no creía en nada, en que pensaba que todo no era sino una farsa y que incluso así, las cosas se transformaron en lo que eran: verdad.

Estaba ante el Ritual que Derrumba los Rituales. Un momento sagrado en la vida de un mago.

Y había una chica herida a sus pies.

"Sed nomini Tuo da Gloriam", repitió. Y, al momento siguiente, vistió su cuerpo astral con el personaje que Vahalla había sugerido. El Ritual que Derrumba los Rituales comenzaba a surgir. Nada más importaba, sólo aquel camino desconocido, aquella mujer asustada a sus pies, y un secreto que necesitaba arrancarle. Se dirigió de nuevo a su víctima, acordándose del tiempo en que la moral era otra: poseer a las mujeres era parte de las leyes del combate. Por eso los hombres arriesgaban la vida en las guerras: por oro y por mujeres.

—Yo vencí —le gritó a la muchacha—. Y tú perdiste.

Se arrodilló y la tomó de los cabellos. Los ojos de ella quedaron fijos en los suyos.

—Venceremos —dijo la chica—. Conocemos las leyes de la victoria.

Él volvió a arrojarla al suelo con violencia.

—La ley de la victoria es vencer.

—Ustedes piensan que ganaron —continuó la prisionera—. Ganaron sólo una batalla. Nosotros venceremos.

---

* "No por nosotros, Señor, no por nosotros, sino por la gloria de Tu nombre."

¿Quién era aquella mujer que osaba hablarle así? Tenía un bello cuerpo, pero eso podía esperar. Tenía que descubrir el secreto que llevaba buscando tanto tiempo.

—Muéstrame la visión del ángel —dijo, procurando que su voz sonara tranquila—. Y serás liberada.

—Soy libre.

—No; tú no conoces las leyes de la victoria —dijo él—. Por eso les derrotamos.

La mujer pareció un poco desconcertada. El hombre hablaba de leyes.

—Háblame sobre esas leyes —respondió ella—. Y yo te contaré el secreto del ángel.

La prisionera proponía un intercambio. Podía torturarla, destruirla. Estaba ahí, postrada a sus pies, y aun así proponía un intercambio.

"Es una mujer extraña", pensó. Tal vez no confesaría con la tortura. Era mejor aceptar el intercambio. Hablaría sobre las cinco leyes de la victoria, porque ella jamás saldría viva de ahí.

—La Ley Moral: es preciso luchar del lado correcto, y por eso vencemos. La Ley del Tiempo: una guerra bajo la lluvia es distinta de una guerra bajo el sol, una batalla en invierno es diferente de una batalla en el verano.

Podía engañarla ahora. Pero no lograría inventar, en tan poco tiempo, leyes falsas. La mujer notaría su titubeo.

—La Ley del Espacio —continuó, hablando con la verdad—: una guerra en el desfiladero es distinta de una guerra en campo abierto. La Ley de la Elección: el guerrero sabe escoger quién le da consejos y quién estará a su lado durante el combate. Un jefe no puede rodearse de cobardes ni de traidores.

Se quedó un momento pensando si debía proseguir o no. Pero ya había mencionado cuatro leyes.

—La Ley de la Estrategia —dijo finalmente—: la manera como se planea la lucha.

Esto era todo. Los ojos de la chica brillaban.

—Ahora háblame.de los ángeles.

Ella lo observó sin decir nada. Había conseguido la fórmula, aunque ya fuera demasiado tarde. Aquellos valientes guerreros jamás perdían una batalla; la leyenda decía que usaban las cinco leyes de la victoria. Ahora, ella ya sabía.

Aunque no sirviera para nada, ya sabía. Podía morir en paz. Merecía el castigo que iba a recibir.

—Háblame de los ángeles —repitió el guerrero.

—No, no hablaré de los ángeles.

Los ojos del guerrero cambiaron y ella se sintió contenta. Él no tendría piedad. Éste era su miedo, que el guerrero se dejara llevar por la Ley Moral y le perdonase la vida. No merecía eso. Tenía culpas; decenas, centenares de culpas acumuladas durante toda su corta vida. Había decepcionado a sus padres, había decepcionado a los hombres que se le habían acercado. Decepcionó a los guerreros que peleaban a su lado. Se había dejado atrapar: era débil. Merecía el castigo.

—¡Odio! —escucharon decir a una voz femenina distante—. ¡El sentido del ritual es el odio!

—Hubo un intercambio —repitió el guerrero, y esta vez su voz era cortante como el acero—. Yo cumplí mi parte.

—Tú no me dejarás salir viva de aquí —dijo ella—. Pero por lo menos conseguí lo que quería. Aunque no sirva para nada.

"¡Odio!" La voz lejana de la mujer ya ejercía su efecto. Él dejó que surgieran sus peores sentimientos. El odio fue creciendo en el corazón del guerrero.

—Sufrirás —dijo— los peores tormentos que alguien haya sufrido.

—Los sufriré.

"Merezco esto", pensaba. Merecía el dolor, el castigo, la muerte. Desde niña se había rehusado a luchar; pensaba que no era capaz, aceptaba todo de los demás, sufría en silencio las injusticias de que era víctima. Quería que todos entendieran qué buena era, un corazón sensible capaz de ayudar a todo el mundo. Quería que la aceptaran a cualquier precio. Dios le había dado una bella vida, y ella no fue capaz de aprovecharla. En vez de eso, mendigó el amor ajeno, vivió la vida que otros querían que viviese, todo para demostrar que había bondad en su corazón y que era capaz de agradar a todos.

Había sido injusta con Dios, tiró su vida por la borda. Ahora necesitaba un verdugo que la mandara rápidamente al infierno.

El guerrero sintió que el látigo cobraba vida propia en sus manos. Por un momento, sus ojos volvieron a cruzarse con los de la prisionera.

Aguardó a que ella cambiara de opinión, que pidiera perdón. Pero en vez de eso, la cautiva contrajo su cuerpo, esperando el golpe.

La Ley Moral. De pronto todo había desaparecido, menos la rabia de haber sido traicionado por una prisionera. El odio venía en oleadas, y él estaba descubriendo qué tan cruel era capaz de ser. Siempre había sido engañado, siempre dejó que su corazón flaqueara en los momentos en que necesitaba ejercer la justicia. Siempre perdonaba, no porque fuese una buena persona, sino porque era un cobarde, tenía miedo de no poder llegar hasta el final.

VAHALLA MIRÓ A CHRIS. Chris miró a Vahalla. La luna no permitía que viesen claramente los ojos una de la otra, y esto era bueno.

Ambas tenían miedo de mostrar lo que estaban sintiendo.

—¡POR EL AMOR DE DIOS! —volvió a gritar la mujer, antes de que el golpe cayera sobre ella.

El guerrero se detuvo con el látigo en alto.

Pero el enemigo había llegado.

—Basta —dijo Vahalla—. Es suficiente.

Los ojos de Paulo estaban vidriosos. Sujetó a Vahalla por los hombros.

—¡Siento este odio! —gritaba—. ¡No estoy actuando! ¡Liberé demonios que no conocía!

Vahalla le quitó el látigo de las manos y fue a ver si Rotha estaba herida.

La muchacha lloraba con el rostro entre las rodillas.

—Todo era verdad —dijo, abrazándose a Vahalla—. Yo lo provoqué, lo usé para que me castigara. Quería que me destruyera, que acabara conmigo. Mis padres me culpan, mis hermanos me culpan, sólo he hecho cosas equivocadas en la vida.

—Ve a ponerte otra blusa —dijo Vahalla.

Ella se levantó, ajustándose la prenda rasgada.

—Quiero seguir así —dijo.

Vahalla dudó por un momento, pero no dijo nada. En vez de eso, caminó hacia la pared del cañón y comenzó a subir. Cuando llegó a la cima, al lado de las tres Valkirias, hizo una señal para que ellos subieran también.

Chris, Rotha y Paulo escalaron la pared en silencio; la luna les iluminaba el camino, las piedras tenían muchas grietas, no había ninguna dificultad especial. Allá en lo alto, la vista era como si estuviesen en una enorme planicie, llena de caminos.

Vahalla pidió que la chica y Paulo se acercaran uno al otro, y que permanecieran frente a frente.

—¿Te lastimé? —le preguntó a Rotha. Estaba horrorizado consigo mismo.

Rotha negó con la cabeza. Se sentía avergonzada; jamás lograría ser como una de aquellas mujeres que estaban a su lado. Era débil.

Vahalla tomó los pañuelos de dos Valkirias, los unió y los pasó por las cinturas del hombre y de la mujer, atándolos uno al otro. Desde donde estaba, Chris podía ver la luna formando un halo alrededor de ambos. Era una linda escena, si no fuese por todo lo que había pasado, si aquel hombre y aquella mujer no estuviesen tan lejanos y tan próximos uno del otro.

—SOY INDIGNA de ver a mi ángel —le dijo Rotha a la Valkiria—. Soy débil, mi corazón se llena de vergüenza.

—Soy indigno de ver a mi ángel —dijo Paulo, para que todos escucharan—. Hay odio en mi corazón.

—Mi corazón amó a varias mujeres. Y apartó el amor de los hombres —dijo Rotha.

—Alimenté odios durante años y me vengué cuando nada de eso importaba ya —continuó Paulo—. Siempre fui perdonado por mis amigos y yo jamás supe perdonarlos.

Vahalla se volvió hacia la luna.

—Estamos aquí, arcángel. Hágase la voluntad del Señor. Nuestra herencia es el odio y el miedo, la humillación y la vergüenza. Hágase la voluntad del Señor.

"¿Por qué no bastó con cerrar las puertas del Paraíso? ¿Debía también hacer que lleváramos el infierno en el alma? Pero si ésta es la voluntad del Señor, sabe que toda la humanidad la ha venido cumpliendo a través de generaciones."

(Vahalla camina alrededor de los dos.)

P refacio y salutación.

Loado sea Nuestro Señor Jesucristo, por siempre alabado.

Hablan Contigo los guerreros de la culpa.

Aquellos que siempre usaron las mejores armas que poseían… contra sí mismos.

Los que se juzgan indignos de las bendiciones. Los que creen que no fueron hechos para la felicidad. Los que se sienten peores que los demás.

Hablan Contigo los que llegaron a las puertas de la liberación, miraron el Paraíso y se dijeron a sí mismos: "No debemos entrar; no lo merecemos".

Hablan Contigo aquellos que un día experimentaron el juicio de su prójimo y creyeron que la mayoría tenía razón.

Hablan Contigo aquellos que se juzgaron y se condenaron a sí mismos.

(Una de las Valkirias entrega el látigo a Vahalla. Ella lo levanta hacia el cielo.)

Primer elemento: aire.

Aquí está el látigo. Si así somos, castíganos.

Castíganos porque somos diferentes. Porque somos aquellos que se atrevieron a soñar y a creer en cosas en las que ya nadie cree.

Castíganos porque desafiamos lo que existe, lo que todos creen, lo que la mayoría no quiere cambiar.

Castíganos porque hablamos de Fe, y nos sentimos sin esperanza. Hablamos de Amor, y no recibimos ni el cariño ni el consuelo que creemos merecer. Hablamos de libertad y somos cautivos de nuestras culpas.

Y sin embargo, Señor, aunque yo levantase este látigo tan alto que pudiese tocar las estrellas, no encontraría Tu mano.

Porque ella está sobre nuestras cabezas. Es ella la que nos acaricia y nos dice: "No sufran más. Yo ya sufrí lo suficiente.

"También soñé, creí en un mundo nuevo. Hablé de Amor, y al mismo tiempo pedí al Padre que apartara mi cáliz. Desafié lo establecido y lo que la mayoría no deseaba cambiar. Pensé que había cometido un error cuando hice mi primer milagro: transformar el agua en vino sólo para animar una fiesta. Sentí la mirada dura de mi prójimo; grité: 'Padre, Padre, ¿por qué me has abandonado?'

"Ellos usaron el látigo conmigo. Ustedes no necesitan sufrir más."

(Vahalla golpea el suelo con el látigo, esparciendo arena en el viento.)

Segundo elemento: tierra.

Pertenecemos a este mundo, Señor. Y lo hemos empolvado con nuestros temores.

Escribiremos nuestras culpas en la arena, y el viento del desierto se encargará de disiparlas.

Mantén nuestra mano firme y haz que no desistamos de luchar, aun sintiendo que somos indignos de la batalla.

Usa nuestra vida, alimenta nuestros sueños. Si fuimos hechos de Tierra, la Tierra también está hecha de nosotros. Todo es una misma cosa.

Instrúyenos y úsanos. Tuyos somos para siempre.

La Ley se redujo a un mandamiento: "Ama al prójimo como a ti mismo".

Si amamos, el mundo se transforma. La luz del Amor disipa las tinieblas de la culpa.

Mantennos firmes en el Amor. Haz que aceptemos el Amor que Dios tiene por nosotros.

Muéstranos nuestro amor por nosotros mismos.

Oblíganos a procurar el amor del prójimo. Incluso temiendo el rechazo, las miradas severas, la dureza de corazón de algunos; haz que jamás desistamos de buscar el Amor.

(Una de las Valkirias extiende una tea a Vahalla. Ella toma su encendedor, prende el fuego y eleva la antorcha en dirección al cielo.)

Tercer elemento: fuego.

Tú dijiste, Señor: "Vine a atizar el fuego en la Tierra. Y vigilo que arda".

Que el fuego del amor arda en nuestros corazones.

Que el fuego de la transformación arda en nuestros gestos.

Que el fuego de la purificación abrase nuestras culpas.

Que el fuego de la justicia guíe nuestros pasos.

Que el fuego de la sabiduría ilumine nuestro camino.

Que el fuego que esparciste sobre la Tierra no se apague jamás. Él ha vuelto, y lo llevamos con nosotros.

Las generaciones anteriores pasaban sus pecados a las generaciones siguientes. Y así fue hasta nuestros padres.

Ahora, sin embargo, pondremos delante de nosotros la antorcha de Tu fuego.

Somos Guerreros y Guerreras de la Luz, esta luz que llevamos con orgullo.

El fuego que, al ser encendido por vez primera, nos mostró nuestras faltas y nuestra culpa. Quedamos sorprendidos, asustados, y nos sentimos incapaces.

Pero era el fuego del Amor. Y quemó lo que había de malo en nosotros cuando lo aceptamos.

Él nos mostró que no somos ni peores ni mejores que aquellos que nos miraban con severidad.

Y por eso aceptamos el perdón. Ya no hay culpa, podemos volver al Paraíso. Y conduciremos el fuego que arderá en la Tierra.

(Vahalla coloca la antorcha en una roca. A continuación, abre su cantimplora y derrama un poco de agua en las cabezas de Paulo y Rotha.)

Cuarto elemento: agua.

Tú dijiste: "Quien beba de esta agua jamás tendrá sed".

Pues bien, estamos bebiendo de esta agua. Lavamos nuestras culpas por amor a la Transformación que sacudirá la Tierra.

Escucharemos lo que dicen los ángeles, seremos mensajeros y mensajeras de sus palabras.

Pelearemos con las mejores armas y los caballos más veloces.

La puerta está abierta. Somos dignos de entrar.

"Señor Jesucristo, que dijiste a tus apóstoles: 'Mi paz os dejo, mi paz os doy', no mires nuestros pecados sino la fe que anima a tus creyentes."

Chris conocía aquel fragmento. Era semejante al que se utilizaba en el ritual católico.

—Cordero de Dios, que quitas los pecados del mundo, ten piedad de nosotros —concluyó Vahalla, desatando el lienzo que unía al hombre y a la mujer.

—Son libres.

Entonces, Vahalla se acercó a Paulo.

"EL ATAQUE —pensó Chris—. Ahora viene el ataque de la serpiente. La recompensa es él. Ella está apasionada. Si la Valkiria dice el precio, él lo aceptará, y obtendrá placer. Y no voy a poder decir nada, porque soy una mujer común, no conozco las leyes del mundo de los ángeles. Ninguno de ellos puede ver que ya morí muchas veces en este desierto y nací otras tantas. No perciben que hablo con mi ángel y que mi alma creció. Están acostumbrados a mí, saben lo que pienso.

"Yo lo amo. Ella sólo está apasionada por él."

—¡¡AHORA SOMOS TÚ Y YO, VALKIRIA!! ¡El Ritual que Derrumba los Rituales!

El grito de Chris llenó de ecos el desierto siniestro, bañado por la luz de la luna.

Vahalla esperaba ese grito. Ya había vencido la culpa y sabía que lo que deseaba no era un crimen. Sólo un capricho. Merecía cultivar sus caprichos; su ángel le había enseñado que estas cosas no apartaban a nadie de Dios, ni de la sagrada tarea que cada uno tiene que realizar en la vida.

Recordó la primera vez que vio a Chris, en una cafetería. Un estremecimiento había recorrido su cuerpo, y extrañas intuiciones —que no lograba comprender— se habían apoderado de ella. "Lo mismo debe haberle pasado a ella", pensó.

¿Paulo? Ya había cumplido su misión con él. Y, sin que él lo supiese, el precio que cobró fue alto: mientras caminaban por el desierto, aprendió varios rituales que J. usaba sólo con sus discípulos. Él le había contado todo.

También lo deseaba como hombre. No por lo que era, sino por lo que sabía. Era un capricho, y su ángel perdonaba los caprichos.

Miró de nuevo a Chris.

"Estoy en la décima vuelta. También necesito cambiar. Esta mujer es un instrumento de los ángeles."

—EL RITUAL que Derrumba los Rituales —respondió la Valkiria—. ¡Que Dios envíe a los personajes!

Aceptaba el desafío. Su momento de crecer había llegado.

Ambas comenzaron a caminar en torno a un círculo imaginario, como hacían los antiguos *cowboys* del Oeste antes de un duelo. No se escuchaba ni un ruido, era como si el tiempo se hubiese detenido.

Casi todo el mundo ahí entendía lo que estaba ocurriendo, porque todas eran mujeres acostumbradas a luchar por el amor. Y lo harían hasta las últimas consecuencias, usando trucos, artificios; lo harían por aquella especie extraña llamada Hombre, que justificaba sus vidas y sus sueños.

El escenario cambiaba, el personaje de Chris comenzaba a aparecer. Las ropas de cuero iban surgiendo, el pañuelo amarrado en la cabeza, la medalla del arcángel Miguel entre los senos. Ella se vestía como el personaje de fuerza, la mujer que admiraba y que le gustaría ser. Ella se vestía de Vahalla.

Chris hizo un gesto con la cabeza, y ambas se detuvieron. Vahalla había reconocido el personaje de la otra, estaba ante un espejo imaginario.

Podía mirarse. Sabía de memoria el arte de la guerra y había olvidado las lecciones del amor. Conocía las cinco leyes de la victoria, dormía con todos los hombres que quería, pero había olvidado el arte del amor.

Se miró a sí misma reflejada en la otra; tenía poder suficiente para derrotarla. Pero su personaje estaba apareciendo, tomando forma, y era un personaje que, aunque se hallaba también repleto de poder, no estaba acostumbrado a esa clase de lucha.

El personaje surgía: ¡lo veía con toda claridad! Se transformaba en una mujer enamorada, que seguía al lado de su hombre, cargando su espada cuando era necesario y protegiéndolo de todos los peligros. Era una mujer fuerte, aunque pareciese débil. Era alguien que recorría el camino del amor como la única senda posible para llegar a la Sabiduría, un camino donde los misterios se revelaban a través de la Entrega y del Perdón.

Vahalla se vestía de Chris.

Y Chris se miraba reflejada en la otra.

Comenzó a andar lentamente hacia la orilla del desfiladero.

Vahalla la imitó; ambas se aproximaron al abismo. Una caída ahí podía ser mortal o causar serios daños; pero eran mujeres, y las mujeres no conocen límites. Chris se detuvo en la orilla, dando tiempo a la otra para acercarse y hacer lo mismo.

El suelo estaba diez metros abajo, y la luna, millones de kilómetros por encima. Entre la luna y el cielo, dos mujeres se enfrentaban.

—Él es mi hombre. No lo toques sólo por capricho. Tú no lo amas —dijo Chris.

Vahalla guardó silencio.

—Voy a dar otro paso —continuó—. Sobreviviré. Soy una mujer valiente.

—Iré contigo —respondió Vahalla.

—No lo hagas. Ahora conoces el amor. Es un mundo inmenso, tendrás que usar toda tu vida para entenderlo.

—No lo haré si dices que no lo haga. Ahora conoces tu fuerza. Tu horizonte ya tiene montañas, valles, desiertos. Tu alma es grande y crecerá cada vez más. Descubriste tu coraje, y eso basta.

—Basta, si lo que te enseñé sirve como el precio a cobrar.

Hubo un largo silencio. De repente, la Valkiria avanzó hacia Chris.

Y la besó.

—Acepto el precio —dijo—. Gracias por haberme enseñado.

Chris se quitó el reloj. Era todo lo que tenía para ofrecer en ese momento.

—Gracias por haberme enseñado —dijo—. Ahora conozco mi fuerza. Jamás la hubiese conocido si no hubiera vivido con una extraña, bella y poderosa mujer.

Con gran cariño, puso el reloj en la muñeca de Vahalla.

El sol brillaba en el Valle de la Muerte. Las Valkirias se ataron los pañuelos, cubriendo sus rostros, dejando sólo los ojos al descubierto. Los caballos estaban ariscos y excitados.

Vahalla se aproximó, jalando a su animal por las riendas.

—No pueden ir con nosotros. Necesitan ver a su ángel.

—Falta algo —dijo Paulo—. La apuesta.

—Las apuestas y los pactos se hacen con los ángeles. O con los demonios.

—No sé cómo verlo —respondió él.

—Ya rompiste el acuerdo. Ya aceptaste el perdón. Tu ángel aparecerá para la apuesta.

Los caballos no dejaban de moverse. Ella se puso el pañuelo en la cara, montó en su animal y se volvió hacia Chris.

—Estaré siempre en ti —dijo Chris—. Y tú siempre estarás en mí.

Vahalla se quitó un guante y se lo lanzó. Después levantó el látigo. Los caballos partieron, dejando tras de sí una gigantesca nube de polvo.

U n hombre y una mujer andaban por el desierto. Se detenían en ciudades con millones de habitantes, y en pueblos donde sólo había un motel, un restaurante y una estación de gasolina. Ninguno preguntaba nada, y por la tarde paseaban entre las rocas y las montañas, se sentaban mirando hacia el sitio donde nacería la primera estrella, y hablaban con sus ángeles.

Oían voces, sentían el impulso de darse consejos mutuos, recordaban cosas que parecían definitivamente olvidadas en algún lugar del pasado.

Ella terminaba de canalizar la protección y la sabiduría de su ángel, y contemplaba el atardecer en el desierto.

Él seguía sentado, esperando. Aguardaba que su ángel apareciera y se mostrara en toda su gloria. Había hecho todo bien, ahora debía esperar.

Esperaba una, dos, tres horas. Sólo se levantaba cuando la noche descendía por completo; entonces, tomaba a su mujer y volvían a la ciudad.

Cenaban, regresaban al hotel. Ella fingía dormir, él se quedaba mirando el vacío.

Ella se levantaba a media noche, iba donde él estaba, le pedía que se acostara a su lado. Fingía que había dormido, que tenía miedo de quedarse sola en la cama debido a un mal sueño. Él se tendía a su lado y permanecía quieto.

—Estás conversando con tu ángel —acostumbraba decir a esas horas—. Te escuché hablar cuando estaba canalizando. Son cosas que nunca dijiste en la vida, son consejos de sabiduría; tu ángel está presente.

Él le acariciaba la cabeza y seguía quieto. Ella se preguntaba si aquella tristeza era realmente a causa del ángel o por una mujer que había partido y que nunca volverían a ver.

Esta pregunta se quedaba atorada en su garganta, y regresaba al silencio de su corazón.

PAULO PENSABA en la mujer que había partido, sí. Pero no era eso lo que lo ponía triste. El tiempo estaba pasando, en breve estaría de regreso en su país. Ahí se reencontraría con el hombre que le había enseñado que los ángeles existen.

"Ese hombre —imaginaba Paulo— me dirá que lo que hice fue suficiente, que rompí el acuerdo que debía romperse, que acepté un perdón que debería haber aceptado hace mucho tiempo. Sí, ese hombre seguirá enseñándome el camino de la sabiduría y del amor, y yo estaré cada vez más cerca de mi ángel, hablando con él todos los días, agradeciendo su protección y pidiendo su socorro. Ese hombre me dirá que eso es suficiente."

Sí, porque J. le había enseñado, desde el comienzo, que existían fronteras. Que era necesario llegar lo más lejos posible, pero que había ciertos momentos en que era preciso aceptar el misterio y entender que cada uno tenía su propio don. Algunos sabían curar, otros tenían la palabra de la sabiduría, otros hablaban con los espíritus, y de ahí para adelante. Era a través de la suma de estos dones que Dios podía mostrar Su gloria, utilizando al hombre como instrumento. Las puertas del Paraíso estarían abiertas para aquellos que decidieran entrar. El mundo estaba en manos de quienes tuvieran el coraje de soñar y de vivir sus sueños.

Cada cual con su talento. Cada cual con su Don.

PERO NADA DE ESO SERVÍA de consuelo para Paulo. Él sabía que Took veía a su ángel. Que Vahalla veía a su ángel. Que muchas otras personas habían escrito libros, historias, relatos, contando cómo habían visto a los ángeles.

Y él no lograba ver al suyo.

Faltaban seis días para que dejaran el desierto y emprendieran el camino de regreso. Se detuvieron en la plaza de una pequeña ciudad, donde la mayor parte de la población estaba formada por ancianos. Aquel lugar había conocido sus momentos de gloria, cuando la mina de hierro que ahí funcionaba traía empleos, prosperidad y esperanza a sus habitantes. Pero, por alguna razón que ellos desconocían, la compañía había vendido las casas a los antiguos empleados y cerrado la mina.

—Ahora nuestros hijos se fueron —decía una mujer que se había sentado a la mesa con ellos—. No queda nadie, sólo los más viejos. Un día, esta ciudad va a desaparecer, y todo nuestro trabajo, todo lo que construimos, ya no significará nada.

Hace mucho tiempo que no aparecía alguien por la ciudad. La vieja estaba contenta de tener con quién conversar.

—El hombre viene, construye, tiene la esperanza de que esa obra que está haciendo sea importante —continuó—. Pero de un momento a otro descubre que estaba exigiendo más de lo que la tierra puede dar. Entonces deja todo y sigue adelante, sin darse cuenta de que arrastró a otros a su sueño, otros que, por ser más débiles, acaban echándose para atrás. Como las ciudades fantasmas del desierto.

"Quizás eso sea lo que está pasando conmigo —pensaba Paulo—. Yo mismo me traje, yo mismo me abandoné."

Recordó que, cierta vez, un domador le contó cómo lograban mantener presos a los elefantes. Siendo todavía pequeños, los animales eran amarrados con cadenas a un poste. Intentaban huir y no lo lograban; lo seguían intentando durante toda su infancia, pero el pedazo de palo era más fuerte que ellos.

Entonces se acostumbraban al cautiverio. Y cuando ya eran grandes y fuertes, bastaba que el domador colocara la cadena en una de las patas y la amarrara en cualquier lugar, incluso en uno de sus dedos, para que no se atrevieran a huir. Estaban presos en su pasado.

Las largas horas del día parecían no acabar nunca. El cielo se incendiaba, la tierra hervía, y tenían que esperar, esperar, esperar, hasta que el color del desierto se transformara de nuevo en los tonos suaves del ladrillo y de la rosa. Entonces era el momento de salir de la ciudad, intentar otra vez la canalización, y de nuevo esperar al ángel.

—ALGUIEN DIJO que la tierra produce lo suficiente para satisfacer la necesidad, y no la codicia —prosiguió la vieja.

—¿Usted cree en los ángeles?

La anciana se asustó con la pregunta. Pero éste era el único tema que interesaba a Paulo.

—Cuando la gente es vieja, y está cerca de la muerte, cree en cualquier cosa —respondió ella—. Pero no sé si creo en los ángeles.

—Ellos existen.

—¿Usted ya vio alguno? —había una mezcla de incredulidad y esperanza en sus ojos.

—Hablo con mi ángel de la guarda.

—¿Tiene alas?

Era la pregunta que todo el mundo hacía. Se había olvidado de hacérsela a Vahalla.

—No sé, todavía no lo he visto.

Por unos cuantos minutos, la anciana pensó en levantarse de la mesa. La soledad del desierto enloquecía a las personas. Podía ser también que aquel hombre estuviese jugando con ella, intentando pasar el tiempo.

Tuvo ganas de preguntar a la pareja de dónde venía y qué hacía en un lugar como Ajo. No lograba identificar el extraño acento.

"Tal vez vengan de México", pensó. Pero no parecían mexicanos. Ya preguntaría cuando hubiese oportunidad.

—No sé si ustedes están jugando conmigo —dijo—, pero, como dije antes, mi muerte está próxima. Puedo durar cinco, diez, veinte años más, pero a esta edad terminamos por entender que vamos a morir.

—Yo también sé que voy a morir —dijo Chris.

—No, no como lo sabe un viejo. Para usted, la muerte es una idea remota, que puede suceder algún día. Para nosotros, es algo que puede venir mañana. Por eso, muchos viejos pasan el tiempo que les sobra mirando sólo en una dirección: el pasado. No es que les gusten mucho los recuerdos, sino que saben que ahí no van a encontrar lo que temen.

"Pocos viejos miran hacia el futuro, y yo soy uno de ellos. Cuando hacemos eso, descubrimos lo que realmente nos reserva el futuro: la muerte."

Paulo no dijo nada. No podía hablar de la importancia que tiene la conciencia de la muerte para quienes practican la magia. La anciana se levantaría de la mesa si supiera que él era un mago.

—Por eso me gustaría creer que ustedes están hablando en serio. Que los ángeles existen —continuó ella.

—La muerte es un ángel —dijo Paulo—. Yo ya lo vi dos veces en esta encarnación, pero muy rápidamente; no pude ver su rostro. Sin embargo, conozco personas que ya lo vieron, y otras que fueron llevadas por él, y me contaron después. Esas personas dicen que su rostro es hermoso, y que su toque es suave.

Los ojos de la anciana se fijaron en Paulo. Ella quería creer.

—¿Tiene alas?

—Está formado de luz —respondió él—. Cuando llegue el momento, adoptará la forma que usted pueda aceptar más fácilmente.

Por un tiempo, la anciana permaneció quieta. Después se levantó.

—Perdí el miedo. Acabo de rezar en silencio y pedí que el ángel de la muerte tenga alas cuando me visite. Mi corazón me dice que seré complacida.

Le dio un beso a cada uno. No importaba ya saber de dónde venían.

—Fue mi ángel quien los envió. Muchas gracias.

Paulo se acordó de Took. Ellos también habían sido instrumentos de un ángel.

C uando el sol comenzó a descender, fueron a una montaña cerca de Ajo. Se sentaron mirando hacia el este, esperando que naciera la primera estrella. Cuando eso ocurriera, iniciarían la canalización.

Lo llamaban "contemplación del ángel". Era la primera ceremonia creada después de que el Ritual que Destruye los Rituales barriera con las anteriores.

—Nunca te pregunté —dijo Chris mientras esperaban— por qué quieres ver a tu ángel.

—Pero ya me explicaste varias veces que no tenía la menor importancia.

Su voz sonaba irónica. Ella fingió no darse cuenta.

—OK. Entonces es importante para ti. Explícame por qué.

—Te conté todo el día del encuentro con Vahalla —respondió.

—Tú no necesitas un milagro —insistió ella—. Quieres satisfacer un capricho.

—No existen los caprichos en el mundo espiritual. Aceptas o no aceptas.

—¿Y entonces? ¿Tú no aceptaste su mundo? ¿O todo lo que dijiste es mentira?

"Se está acordando de la historia de la mina", pensó Paulo. Responder era difícil, pero lo intentaría.

—He visto milagros —comenzó—. Muchos milagros. Incluso los hemos visto juntos. Vimos a J. abrir agujeros en las nubes, iluminar la oscuridad, cambiar cosas de lugar.

"Me has visto adivinar ciertos pensamientos, hacer apariciones, ejecutar rituales de poder. Yo he visto a la magia funcionar repetidas veces en mi vida, para bien o para mal. No tengo dudas a ese respecto."

Hizo una larga pausa.

—Pero también nos acostumbramos a los milagros. Y siempre necesitamos más. La fe es una conquista difícil, que exige combates diarios para mantenerse.

La estrella estaba a punto de surgir, debía acabar ya con la explicación. Sin embargo, Chris lo interrumpió.

—Así ha sido nuestro matrimonio —dijo—. Y estoy exhausta.

—No entiendo. Estoy hablando del mundo espiritual.

—Sólo logro entender lo que dices porque conozco tu amor —dijo—. Hace mucho tiempo que estamos juntos y, después de los dos primeros años de alegría y pasión, cada día se convirtió en un desafío. Ha sido muy difícil mantener encendida la llama del amor.

Se arrepintió un poco de haber iniciado el asunto, pero ahora iría hasta el final.

—Una vez me dijiste que el mundo se dividía entre los agricultores, que aman la tierra y la cosecha, y los cazadores, que aman los bosques oscuros y las conquistas. Dijiste que yo era una agricultora, como J. Que araba el camino de la sabiduría a través de la contemplación.

"Pero que estaba casada con un cazador."

Su mente funcionaba muy rápido, no podía dejar de hablar. Tenía miedo de que apareciera la estrella.

—¡Qué difícil ha sido y es estar casada contigo! Tú eres como Vahalla, como las Valkirias, que nunca están quietas, que sólo saben vivir las emociones fuertes de la cacería, de los riesgos, de las noches oscuras en busca de la presa. Al principio pensé que no podría vivir con eso; ¡yo, que buscaba una vida igual a la de tantas otras mujeres, casada con un mago! Un mago cuyo mundo está regido por leyes que no conozco; una persona que sólo cree que está viviendo su vida cuando está ante un desafío.

Lo miró a los ojos.

—¿No es J. un mago mucho más poderoso que tú?

—Mucho más sabio —respondió Paulo—. Mucho más vivido y experimentado. Sigue el camino del agricultor, y en este camino encuentra su poder. Yo sólo lograré encontrar mi poder en el camino del cazador.

—¿Entonces por qué te eligió como discípulo?

Paulo rió.

—Por la misma razón por la que tú me elegiste como marido. Porque somos diferentes.

—Vahalla, tú y todos tus amigos piensan sólo en la Conspiración. Nada más tiene importancia, están fijos en ese asunto de los cambios, de mundos nuevos que van a surgir. Creo en este nuevo mundo, pero, ¡caramba!, ¿tiene que ser así?

—¿Así cómo?

Ella pensó un minuto. No sabía exactamente por qué había dicho aquello.

—Con conspiraciones.

—Eres tú quien creó el término.

—Pero sé que es verdadero. Tú me lo confirmaste.

—Dije que las puertas del Paraíso estaban abiertas por un tiempo para quien quisiera entrar. Pero también dije que cada uno tenía su propio camino, y sólo el ángel puede decir cuál es el rumbo correcto.

"¿Por qué estoy actuando así? ¿Qué está pasando conmigo?", pensó ella.

Recordó las ilustraciones que viera en su niñez, donde los ángeles conducían a los niños por la orilla de un abismo. Estaba sorprendida de sus propias palabras. Ya había peleado muchas veces con
él, pero jamás habló de la magia como ahora lo estaba haciendo.

Mientras tanto, en aquellos casi cuarenta días de desierto, su
alma había crecido, descubrió una segunda mente, enfrentó a una
mujer poderosa. Murió muchas veces, y renació más fuerte.

"La cacería me dio placer", pensó.

Sí. Era eso lo que la volvía loca. Porque, desde el día en que
retó a duelo a Vahalla, tenía la sensación de que había desperdi-
ciado su vida.

"No, no puedo aceptar eso. Conozco a J.; es un agricultor y
una persona iluminada. Hablé con mi ángel antes que Paulo. Sé
hablar con él tan bien como Vahalla, y sin embargo, su lenguaje
todavía me deja un poco confusa."

Estaba aprensiva. Tal vez se había equivocado cuando escogió
su manera de vivir.

"Necesito seguir hablando —pensó—. Necesito convencerme
a mí misma de que no me equivoqué."

—Tú necesitas algo más que un milagro —dijo—, y lo nece-
sitarás siempre. Jamás estarás satisfecho, y nunca vas a entender
que el reino de los cielos no puede ser tomado por asalto.

("¡Dios, haz que su ángel aparezca, porque esto es muy importante para él! ¡Haz que yo esté equivocada, Señor!")

—No me dejaste hablar —dijo él.

Pero, en ese momento, la primera estrella surgió en el horizonte.

Era la hora de la canalización.

SE SENTARON, y después de un pequeño periodo de relajamiento,
comenzaron a concentrarse en la segunda mente. Chris no lograba

dejar de pensar en la frase final de Paulo. Realmente no había permitido que él le respondiera.

Ahora ya era tarde. Debía dejar que la segunda mente contara sus fastidiosos problemas, repitiese varias veces lo mismo, mostrara las preocupaciones de siempre. Aquella noche, la segunda mente quería herir su corazón. Decía que ella había elegido un camino errado y que sólo había descubierto su destino al experimentar el personaje de Vahalla.

La segunda mente decía que era demasiado tarde para cambiar, que su vida había fracasado, que ella pasaría el resto de su existencia andando detrás de su hombre, sin experimentar el placer de los bosques oscuros y la búsqueda de la presa.

La segunda mente le decía que había encontrado al hombre equivocado, que hubiese sido mejor haberse casado con un agricultor. La segunda mente le decía que Paulo tenía otras mujeres, y que eran mujeres cazadoras que él encontraba en noches de luna y en secretos rituales mágicos. La segunda mente le decía que debía dejarlo para que él pudiese ser feliz con una mujer igual a él.

Ella rebatió algunas veces, dijo que no importaba saber que existían otras mujeres, que nunca pretendería dejarlo. Porque el amor no tiene lógica ni razón. Pero la segunda mente volvía a la carga, y ella decidió dejar de discutir, escuchar en silencio, hasta que la conversación fue muriendo, y enmudeció.

ENTONCES, una especie de niebla comenzó a tomar el control de su pensamiento. La canalización se inició. Una indescriptible sensación de paz se apoderó de ella, como si las alas de su ángel cubriesen el desierto entero para que nada malo le ocurriera. Cuando canalizaba, sentía un amor inmenso por sí misma y por el Universo.

Mantuvo los ojos abiertos para no perder la conciencia, pero las catedrales empezaron a surgir. Aparecían en medio de la bruma, inmensas iglesias que nunca había visitado, y que, sin embargo, existían en algún lugar de la Tierra. En los primeros días eran sólo cosas confusas, cantos indígenas mezclados con palabras sin sentido; pero ahora, su ángel le mostraba catedrales. Aquello tenía un sentido, aunque no pudiese entender cuál era.

Pero sólo estaban comenzando una conversación. Cada día que pasaba era capaz de entender mejor a su ángel. En breve tendrían una comunicación tan clara como la que tenía con cualquier persona que hablara su idioma. Todo era cuestión de tiempo.

EL DESPERTADOR de pulsera de Paulo sonó. Habían pasado veinte minutos. Terminaba la canalización.

Ella lo miró. Sabía lo que ocurriría ahora: él continuaría en silencio, y dentro de poco se pondría triste. El ángel no había aparecido. Entonces volverían al pequeño motel en Ajo, y él saldría a dar un paseo mientras ella intentaba dormir.

Aguardó a que él se levantara, e hizo lo mismo. Sólo que, en vez de tristeza, había un brillo extraño en sus ojos.

—Veré a mi ángel —dijo él—. Sé que lo veré. Hice la apuesta.

"Harás la apuesta con tu ángel", había dicho Vahalla. Jamás, en ningún momento, había dicho: "Harás la apuesta con tu ángel cuando él aparezca". Y sin embargo, él así lo entendió. Durante una semana, esperó a que su ángel surgiera frente a él. Estaba dispuesto a aceptar cualquier apuesta, porque el ángel era la Luz, y la Luz era lo que justificaba la existencia del hombre. Confiaba en la Luz, de la misma manera en que, catorce años antes, dudara de las tinieblas. Al contrario de la traicionera experiencia de las tinieblas, la Luz establecía previamente sus reglas para que quien las aceptara supiese que también se comprometía con el amor y la misericordia.

Había cumplido con dos condiciones y casi había fallado en la tercera, ¡la más fácil! Y sin embargo, la protección del ángel no le había faltado y, durante la canalización... ¡ah, qué bueno era haber aprendido a hablar con los ángeles! Ahora sabía que podía verlo, porque la tercera condición había sido satisfecha.

—Rompí un acuerdo. Acepté un perdón. Y, hoy, hice una apuesta. Tengo fe y creo —dijo—. Creo que Vahalla sabe el camino de la visión del ángel.

Los ojos de Paulo brillaban. No habría caminatas nocturnas ni insomnio aquella noche. Él tenía la absoluta certeza de que vería a su ángel. Media hora antes pedía un milagro, y ahora eso carecía de importancia.

Entonces, sería Chris quien se quedaría sin dormir aquella noche y caminaría por las calles desiertas de Ajo, implorando a Dios que hiciese un milagro, porque el hombre que amaba necesitaba ver un ángel. Su corazón estaba afligido, más afligido que nunca. Tal vez hubiese preferido a un Paulo en duda, un Paulo que necesitaba un milagro, un Paulo que parecía haber perdido la fe. Si el ángel apareciese, muy bien; en caso contrario, siempre podían culpar a Vahalla por haberle enseñado mal. Así, no pasaría por una de las más amargas lecciones que Dios enseñó al hombre cuando cerró las puertas del Paraíso: la decepción.

Pero no; ahora tenía delante de sí a un hombre que parecía apostar su vida entera a la seguridad de que era posible ver a los ángeles. Y su única garantía era la palabra de una mujer que andaba a caballo por el desierto, hablando de nuevos mundos por venir.

Quizás Vahalla nunca había visto a los ángeles. O tal vez lo que servía para ella, no servía para los otros; ¡esto había dicho Paulo en la plaza! ¿No escuchaba él sus propias palabras?

El corazón de Chris se fue haciendo cada vez más pequeño mientras más miraba los ojos brillantes de su marido.

En ese momento, el rostro de él comenzó a brillar.

—¡Luz! —gritó Paulo—. ¡Luz!

Ella se volvió. En el horizonte, cerca de donde había aparecido la estrella, tres luces resplandecían en el cielo.

—¡Luz! —repitió él, una vez más—. ¡El ángel!

Chris sintió unas ganas inmensas de arrodillarse y dar gracias, porque su plegaria había sido escuchada, y Dios enviaba a su ejército de ángeles.

Los ojos de Paulo comenzaron a llenarse de agua. El milagro había sucedido: la apuesta que había hecho era la correcta.

Escuchó un estruendo del lado izquierdo y otro sobre sus cabezas. Ahora eran cinco, seis luces brillantes en el cielo; el desierto estaba todo iluminado.

Por un momento perdió la voz: ¡también estaba viendo a su ángel! Los estruendos se hacían cada vez más fuertes, pasando por el lado derecho, el lado izquierdo, encima de sus cabezas; truenos enloquecidos que no venían de arriba, sino de atrás, de los lados, y se dirigían al lugar donde estaban las luces.

¡Las Valkirias! ¡Las verdaderas Valkirias, hijas de Votan, cabalgando por los cielos y llevando a los guerreros! Temerosa, se llevó las manos a los oídos.

Percibió que Paulo hacía lo mismo, y sus ojos ya no tenían el mismo brillo de antes.

Inmensas bolas de fuego nacían en el horizonte del desierto, mientras ellos sentían el suelo temblando bajo sus pies. Truenos en los Cielos y en la Tierra.

—Vámonos —dijo ella.

—No hay peligro —respondió él—. Están lejos, muy lejos. Son aviones de guerra.

Pero los cazas supersónicos rompían la barrera del sonido cerca de ellos, con un ruido ensordecedor.

Se abrazaron y durante mucho tiempo contemplaron aquel espectáculo macabro, con fascinación y terror. No lograban ver los truenos, pero ahora sabían lo que eran, porque había bolas de fuego en el horizonte y aquellas luces verdes —ahora eran más de diez—, cayendo lentamente del cielo, iluminando todo el desierto, para que nadie, pero nadie, pudiese esconderse.

—Es sólo un entrenamiento de guerra —él intentaba tranquilizarla—. Un ejercicio de la Fuerza Aérea. Hay muchos campos de ésos en esta región.

Pero, un día, aquello sería verdad. Y ella imaginó que, ese día —quizás por azar, como aquí—, el destino podría colocarla en una ciudad iluminada por aquellas luces, y las bolas de fuego no estarían en el horizonte, sino arriba, abajo, a su lado.

—Lo vi en el mapa —repitió Paulo, tratando de hablar lo más alto posible—. Pero preferí creer que eran ángeles.

"Son instrumentos de los ángeles —pensó ella—. Ángeles de la muerte."

El resplandor amarillo de las bombas cayendo en el horizonte se mezclaba con las intensísimas luces verdes que descendían lentamente en paracaídas, para que todo abajo fuese visible y para que los aviones no errasen al arrojar sus cargas mortales.

El ejercicio duró casi media hora. Y, así como habían llegado, los aviones desaparecieron, y el desierto volvió a quedar en silencio. Las últimas luces verdes llegaron al suelo y se apagaron. Ahora podían ver de nuevo las estrellas en el cielo, y el cielo no temblaba más.

PAULO RESPIRÓ PROFUNDAMENTE. Cerró los ojos y pensó con todas sus fuerzas: "Gané la apuesta. No puedo dudar de que gané la apuesta". La segunda mente iba y venía, diciendo que no, que todo eran imaginaciones de él, que su ángel no había revelado su rostro. Pero él clavó la uña del dedo índice en el pulgar, y apretó hasta que el dolor se volvió insoportable; el dolor siempre evita que las personas piensen en tonterías.

—Veré a mi ángel —volvió a decir, mientras descendían de la montaña.

El corazón de ella se apretó otra vez. Pero no debía pensar en eso, él podría darse cuenta. La única forma rápida de cambiar de tema era escuchar lo que la segunda mente estaba diciendo y preguntar a Paulo si ella tenía razón.

—Quiero hacer una pregunta —dijo.

—No me preguntes sobre el milagro. Sucederá o no. No vamos a gastar energía en palabras.

—No, no es sobre eso.

Titubeó mucho antes de hablar. Paulo era su marido. Él la conocía mejor que nadie. Tenía miedo de su respuesta, porque sus palabras —como las de cualquier marido— poseían un peso distinto de las palabras de los demás.

No obstante, decidió preguntar de todos modos; no soportaría quedarse con eso en la cabeza.

—¿Crees que me equivoqué al elegir? —dijo—. ¿Que desperdicié mi vida sembrando, contenta con ver el campo creciendo a mi alrededor, en vez de experimentar la gran emoción de la cacería?

Él caminaba mirando al cielo. Todavía pensaba en la apuesta, y en los aviones.

—Muchas veces —dijo, finalmente— miro a personas como J., que están en paz, y a través de esta paz encontraron la comunión con Dios. Te miro a ti, que lograste hablar con tu ángel antes que yo, aun cuando yo había venido aquí para eso. Observo con cuánta facilidad duermes, mientras que yo voy a la ventana y me pregunto

por qué no sucede el milagro que estoy esperando. Y me pregunto:
¿escogí el camino equivocado?

Se volvió hacia ella.

—¿Qué crees tú? ¿Elegí el camino equivocado?

Chris tomó las manos de él.

—No. Serías infeliz.

—Tú también, si hubieses elegido mi camino.

"Qué bueno saber eso", pensó.

A ntes de que sonara el despertador, él se levantó sin hacer ruido.

Miró hacia afuera: todavía estaba oscuro.

Chris dormía a su lado, con un sueño agitado. Por una fracción de segundo, pensó en despertarla, decirle adónde iba, pedirle que rezara por él; pero desistió. Podría contarle todo cuando volviera. Además, no iba a ningún lugar peligroso.

Encendió la luz del baño y llenó la cantimplora con agua del grifo. Después bebió toda el agua que pudo: no sabía cuánto tiempo estaría fuera.

Se vistió, tomó el mapa, revisó su itinerario. Entonces, se preparó para salir.

Pero no pudo encontrar la llave del auto. La buscó en sus bolsillos, en la mochila, en el buró. Pensó en encender la lamparita de noche, pero no, eso sería muy arriesgado, la luz que provenía del baño ya iluminaba bastante. No podía perder más tiempo, cada minuto gastado ahí era un minuto menos en la espera de su ángel. Dentro de cuatro horas, el sol del desierto se volvería insoportable.

"Chris escondió la llave", pensó. Ella era, ahora, otra mujer; hablaba con su ángel, su intuición había aumentado considerablemente. Quizás había descubierto sus planes y tenía miedo.

"¿Por qué tendría miedo?" La noche en que la viera a la orilla del precipicio con Vahalla, los dos hicieron un juramento sagrado: prometieron que nunca más arriesgarían la vida de nuevo en aquel desierto. El ángel de la muerte había pasado varias veces cerca de ellos, y no era aconsejable poner a prueba la paciencia del ángel de la guarda. Chris lo conocía lo bastante como para saber que él jamás dejaría de cumplir lo prometido. Por eso estaba saliendo poco antes de que el sol asomara, para evitar los peligros de la noche y los peligros del día.

Y, sin embargo, ella tenía miedo, y había escondido la llave. Se dirigió a la cama, decidido a despertarla. Se detuvo.

Sí, había un motivo. No era preocupación por su seguridad, por los riesgos que él podía correr. Era miedo, pero un miedo distinto; miedo de que su marido fuese derrotado. Ella sabía que Paulo intentaría algo. Faltaban sólo dos días para que abandonaran el desierto.

"FUE BUENO tomar esa providencia, Chris —pensaba, riéndose consigo mismo—. Tomaría unos dos años olvidar una derrota de éstas, y tú tendrías que aguantarme, pasar noches en vela conmigo, soportar mi mal humor, sufrir por mi frustración. Sería mucho peor que aquellos días que pasé sin descubrir cómo hacer la apuesta."

Buscó entre las cosas de ella: la llave estaba en el cinturón donde guardaba el pasaporte y el dinero. Entonces recordó la promesa sobre la seguridad; todo aquello podía ser un aviso. Había aprendido que nadie salía al desierto sin dejar, al menos, una indicación del lugar adonde iba. Aun si sabía que pronto estaría de regreso, aun sabiendo que el sitio no estaba tan lejos —y por lo tanto, si algo le ocurriera al auto, podía llegar a pie a la carretera—, decidió no arriesgarse. Finalmente, había hecho un juramento.

Puso el mapa encima del lavabo del baño. Utilizó el aerosol de la espuma para rasurarse y dibujó un círculo alrededor de un lugar: Glorieta Canyon.

Aprovechó para escribir: NO ME EQUIVOCARÉ en el espejo, con el mismo aerosol. Después se calzó los tenis y salió.

Cuando iba a llegar al auto, descubrió que había dejado la llave en la ignición.

"Ella debe haber mandado hacer una copia —pensó—. ¿Qué imaginaba? ¿Que la dejaría a medio desierto?"

Entonces recordó el extraño comportamiento de Took cuando olvidó la linterna en el auto. Fue gracias a la llave que dejó marcado el lugar adonde iría. Su ángel estaba haciendo que tomara todas las precauciones posibles.

LAS CALLES de Borrego Springs estaban desiertas. "No son muy distintas durante el día", pensó para sí mismo. Recordó la primera noche ahí, cuando se habían acostado en el suelo del desierto para imaginar a sus ángeles. En aquella época, todo lo que quería era hablar con uno de ellos.

Dobló a la izquierda, salió de la ciudad y tomó rumbo a Glorieta Canyon. Las montañas estaban a su derecha; las montañas donde ambos descendieron del auto, después de descubrir que el desierto comenzaba de repente, sin aviso. "En esa época", pensó, y se dio cuenta de que no había pasado tanto tiempo. Sólo treinta y ocho días.

Pero su alma, como la de Chris, había muerto muchas veces en ese desierto. Fue en busca de un secreto que ya conocía, vio el sol transformarse en los ojos de la muerte, encontró mujeres que parecían ángeles y demonios al mismo tiempo. Volvió a una oscuridad que parecía olvidada. Descubrió que, aunque hablara tanto de Jesús, jamás había aceptado completamente su perdón.

Encontró también a su mujer, justo cuando pensaba que la había perdido para siempre. Porque (y Chris nunca debía saberlo) se había apasionado por Vahalla.

Y fue entonces cuando entendió la diferencia entre la pasión y el amor. Al igual que hablar con los ángeles, era algo muy simple.

Vahalla era parte de la fantasía de su mundo, la mujer guerrera, cazadora, que conversaba con los ángeles y estaba siempre dispuesta a enfrentar todos los riesgos para superar sus propios límites. Para ella, Paulo era el hombre que poseía el anillo de la Tradición de la Luna, el mago que sabía misterios ocultos, el aventurero capaz de dejar todo e ir en busca de ángeles. Uno siempre tendría al otro —mientras fuese exactamente como le imaginaba—.

Eso era la pasión: crear la imagen de alguien, y no avisar.

Sin embargo, un día, cuando la convivencia revelara la verdadera identidad de ambos, descubrirían que detrás del Mago y de la Valkiria había un hombre y una mujer. Con poderes, quizás con algunos conocimientos preciosos, pero eran un hombre y una mujer, y no podían huir de esta realidad. Con la agonía, el éxtasis, la fuerza y la flaqueza de todos los otros seres humanos.

Y cuando uno de ellos se mostrara como realmente era, el otro se apartaría, porque eso significaba destruir el mundo que había creado.

Descubrió el amor a la orilla de un despeñadero, con dos mujeres mirándose y una luna inmensa brillando detrás. Amor era compartir el mundo con el otro. Él conocía a una de aquellas mujeres, compartía con ella su Universo. Veían las mismas montañas, los mismos árboles, aunque cada uno mirara de manera distinta. Ella conocía sus debilidades, sus momentos de odio, de desesperación, y aun así estaba a su lado.

Compartían el mismo Universo. Aunque muchas veces tuviera la sensación de que dicho Universo ya no tenía más secretos, descubrió, aquella noche en el Valle de la Muerte, que esa sensación era una mentira.

DETUVO EL AUTO. Ante él, un desfiladero se internaba en la montaña. Había escogido aquel lugar sólo a causa de su nombre; a fin de cuentas, los ángeles están presentes en todos los momentos y en todos los lugares del mundo. Descendió, bebió un poco más del agua que traía siempre en un garrafón en la cajuela del automóvil, y se colgó la cantimplora del cinturón.

Todavía pensaba en Vahalla y en Chris cuando echó a andar hacia el desfiladero. "Creo que me apasioné muchas otras veces", dijo, hablando consigo mismo. No se sentía culpable por eso. La pasión era algo bueno, divertido, y que podía enriquecer mucho la vida.

Pero era distinta del amor. Y el amor vale cualquier precio, no merecía ser cambiado por nada.

S e detuvo a la entrada del desfiladero y miró el valle que se abría frente a él. El horizonte comenzó a ponerse rojo. Era la primera vez que veía un amanecer en el desierto; incluso cuando dormían al aire libre, siempre despertaba cuando el sol ya estaba en lo alto.

"Qué gran espectáculo me perdí", pensaba. A lo lejos, la cima de las montañas empezó a brillar, y la luz color de rosa iba cubriendo el valle, las piedras, las pequeñas plantas que insistían en vivir casi sin agua. Permaneció algún tiempo contemplando la escena.

Recordó el libro que acababa de publicar en Brasil, en el cual, en un determinado momento, el pastor Santiago va a una montaña a mirar el desierto. Salvo por el hecho de que no estaba en la cima, se sorprendió de la semejanza con lo que había escrito ocho meses antes. Como también de que sólo ahora se daba cuenta del nombre de la ciudad donde habían desembarcado en los Estados Unidos.

Los Ángeles.

Pero no era hora de pensar en las señales del camino.

—ÉSTE ES TU ROSTRO, mi ángel de la guarda —dijo en voz alta—.
Yo te veo. Estuviste siempre frente a mí y casi nunca te reconocí.
Escucho tu voz, cada día más claramente. Sé que existes, porque
hablan de ti en todos los rincones de la Tierra.

"Quizás un hombre, o una sociedad entera, pudiesen estar
equivocados. Pero todos los pueblos y todas las civilizaciones, en
todos los lugares del planeta, hablaron siempre de ángeles. Hoy
en día, los niños, los viejos y los profetas escuchan. Y seguirán
hablando de ángeles a través de los siglos, porque siempre existi-
rán los profetas, los niños y los viejos."

Una mariposa azul comenzó a revolotear delante de él. Era su
ángel respondiendo.

—Rompí un acuerdo. Acepté un perdón.

La mariposa volaba de un lado al otro. Habían visto diversas
mariposas blancas en el desierto, pero aquélla era azul. Su ángel
estaba contento.

—E hice una apuesta. Aquella noche, en lo alto de la montaña, aposté toda mi fe en Dios, en la vida, en mi trabajo, en J.,
aposté todo lo que tenía. Aposté que cuando abriera los ojos, tú
te me mostrarías. Puse mi vida entera en uno de los platos de la
balanza. Pedí que tú colocaras tu rostro en el otro.

"Y, cuando abrí los ojos, tenía delante de mí el desierto. Por
unos instantes, creí que estaba perdido. Pero entonces —¡ah, cómo
lo recuerdo con cariño!—, entonces hablaste."

Una pequeña franja de luz apareció en el horizonte. El sol
estaba naciendo.

—¿Recuerdas lo que dijiste? Dijiste: "Mira a tu alrededor, ésta
es mi cara. Soy el sitio donde estés. Mi manto te cubrirá con los
rayos del sol en el día, y con el brillo de las estrellas por la noche".
¡Escuché claramente tu voz!

"Y también dijiste: '¡Que siempre necesites de mí!'"

Y su corazón se sintió alegre. Aguardaría a que el sol naciera, miraría mucho la cara de su ángel aquella mañana. Después le contaría a Chris sobre la apuesta. ¡Y le diría que ver a un ángel era aún más fácil que hablar con él! Bastaba creer que los ángeles existen, bastaba necesitar a los ángeles. Y ellos se mostraban, brillantes como el resplandor de la mañana. Y ayudaban, cumplían la tarea de guiar y proteger, para que cada generación llevara su presencia a la generación siguiente, de modo que jamás fueran olvidados.

"Escribe algo", dijo una voz dentro de su cabeza.

Gracioso. No estaba intentando canalizar, sólo contemplaba la cara de su ángel.

Y sin embargo, algo dentro de él exigía que escribiera algo. Trató de concentrarse en el horizonte y en el desierto, pero no se le ocurrió nada.

Fue al auto, tomó un papel y un bolígrafo. Había tenido algunas experiencias de psicografía, pero nunca llegó muy lejos. J. le había dicho que aquello no era para él, y que debía ir en busca de su verdadero don.

Se sentó en el suelo del desierto, con el bolígrafo entre los dedos, y procuró relajarse. En poco tiempo, el bolígrafo comenzaría a moverse solo, haría algunos trazos, y las palabras empezarían a surgir. Para eso, debía perder un poco la conciencia, dejar que algo —un espíritu o un ángel— lo poseyera.

Se entregó completamente, aceptó ser un instrumento. Pero nada ocurrió. "Escribe algo", dijo de nuevo la voz en su cabeza.

Se asustó. No sería incorporado por un espíritu. Estaba canalizando sin querer, como si su ángel estuviese ahí, hablando con él. No era psicografía.

Tomó el bolígrafo de otra manera, con firmeza ahora.

Las palabras comenzaron a surgir, nítidas. Y él iba copiándolas, sin tiempo para pensar en lo que escribía:

Por amor a Sión, no me callaré,
y por amor a Jerusalén, no descansaré
hasta que despunte para ella la justicia, cual un astro,
y su salvación, como antorcha ardiente.

Esto nunca había sucedido antes. Estaba *escuchando* una voz,
dentro de sí, dictando las palabras:

Y te llamaré con un nombre nuevo,
pronunciado por la boca del Señor;
y serás brillante corona en la mano del Señor,
y real diadema en la palma de tu Dios.
Ya no te llamarán "desamparada"
ni a tu tierra "abandonada";
pero te dirán "ésta me agrada",
y a tu tierra, "desposada".

Trató de conversar con la voz. Preguntó quién decía aquello.
"Ya fue dicho —respondió la voz—. Sólo está siendo recordado."

Paulo sintió un nudo en la garganta. Era un milagro, le daba
gracias al Señor.

El disco dorado del sol fue apareciendo lentamente en el horizonte. Él dejó la libreta y el bolígrafo, se levantó y extendió las
manos hacia la luz. Pidió que toda esa energía de esperanza —la
esperanza que un nuevo día trae para millones de personas en
la faz de la Tierra— entrara por sus dedos y llenara su corazón.
Pidió creer siempre en el nuevo mundo, en los ángeles, en las puertas abiertas del Paraíso. Pidió protección a su ángel y a la Virgen,
para él, para todos los que amaba y para su trabajo.

La mariposa se aproximó y, como obedeciendo a una señal

secreta del ángel, se posó en su mano izquierda. Él permaneció absolutamente inmóvil, porque estaba en presencia de un milagro; su ángel había respondido.

Sintió que el Universo se detenía en ese momento: el sol, la mariposa, el desierto frente a él.

Y, al instante siguiente, el aire a su alrededor se agitó. No era el viento. Era una sacudida del aire, la misma que se siente cuando un auto rebasa a un camión a alta velocidad.

Un estremecimiento del más absoluto terror corrió por su columna vertebral.

Alguien estaba ahí.

"No mires para atrás", escuchó de nuevo la voz.

El corazón se le disparaba, y él comenzó a desorientarse. Sabía que tenía miedo, un miedo terrible. Continuaba inmóvil, las manos extendidas hacia el frente, la mariposa posada en la izquierda.

"Me voy a desmayar de pavor", pensó.

"No te desmayes", dijo la voz.

Trataba de mantener el control, pero sus manos estaban frías y comenzó a temblar. La mariposa voló lejos, y él bajó los brazos.

"Arrodíllate", dijo la voz.

Él obedeció. No podía pensar en nada. No tenía para dónde huir.

"Limpia el suelo."

Hizo lo que ordenaba la voz dentro de su cabeza. Limpió una pequeña zona en la arena frente a él, de modo que quedara lisa. Su corazón continuaba desbocado, y él se sentía cada vez más confundido, pensaba que podía tener un ataque cardiaco.

"Mira el suelo."

Una luz inmensa, casi tan fuerte como el sol de la mañana, brillaba a su izquierda. No quería mirar, sólo quería que todo aquello terminara rápidamente. En una fracción de segundo recordó su infancia, cuando le contaban sobre las apariciones de Nuestra Señora a los niños. Acostumbraba pasar noches enteras en vela, pidiendo a Dios que nunca enviase a la Virgen a aparecerse delante de él, porque eso le daría miedo. Pavor.

El mismo pavor que estaba sintiendo ahora.

"Mira el suelo", insistió la voz.

Él observó la arena que acababa de limpiar. Y fue entonces cuando el brazo dorado, brillante como el sol, apareció y comenzó a escribir algo.

"Éste es mi nombre", dijo la voz.

El desconcierto del miedo persistía. El corazón le latía cada vez más rápido.

"Cree —escuchó a la voz decir—. Las puertas estarán abiertas por algún tiempo."

Reunió todas las fuerzas que todavía le quedaban.

—Quiero hablar —dijo en voz alta. El calor del sol parecía restaurar sus fuerzas.

No escuchó nada, ninguna respuesta.

UNA HORA DESPUÉS, cuando Chris llegó —había despertado al dueño del hotel, y exigido que la llevara en carro hasta ahí—, él seguía mirando el nombre escrito en la arena.

A mbos observaron a Paulo preparar el cemento.

—Qué desperdicio de agua, en pleno desierto —rió Took.

Chris le pidió que no bromeara así, pues su marido todavía estaba bajo el impacto de la visión.

—Descubrí de dónde es ese fragmento —dijo Took—. Lo escribió el profeta Isaías.

—¿Por qué esa parte en especial? —preguntó Chris.

—No tengo la menor idea. Pero estaré atento.

—Habla de un mundo nuevo —continuó ella.

—Tal vez sea por eso —respondió Took—. Tal vez sea por eso.

PAULO LOS LLAMÓ. La argamasa estaba lista.

Los tres rezaron un avemaría. Después Paulo se subió en la piedra, puso el cemento y colocó encima la imagen de Nuestra Señora, que siempre llevaba consigo.

—Listo. Está hecho.

—Quizás los guardias la quiten cuando pasen por aquí —dijo Took—. Vigilan el desierto como si fuera un campo de flores.

—Puede ser —respondió Paulo—. Pero el lugar quedará marcado. Será, para siempre, uno de mis sitios sagrados.

—No —dijo Took—. Los sitios sagrados son lugares individuales. Aquí, un texto fue dictado. Un texto que ya existía, que habla de esperanza y que había sido olvidado.

Paulo no quería pensar en eso ahora. Todavía tenía miedo.

—Aquí giró la energía del alma del mundo —prosiguió Took—, y seguirá girando siempre. Es un sitio de Poder.

Recogieron el plástico donde Paulo había mezclado el cemento, lo pusieron en la cajuela del auto y fueron a dejar a Took a su viejo tráiler.

—¡Paulo! —exclamó él, al despedirse—. Creo que sería bueno que conocieras un viejo dictado de la Tradición:

"Cuando Dios quiere enloquecer a alguien, satisface todos sus deseos."

—Puede ser —respondió Paulo—. Pero el riesgo vale la pena.

Palabras finales

C ierta tarde, un año y medio después de la aparición del ángel, descubrí que en mi correspondencia había una carta de Los Ángeles. Era una lectora brasileña, Rita de Freiras, que me felicitaba por *El alquimista*.

En un impulso, le contesté pidiéndole que fuera a Glorieta Canyon, cerca de Borrego Springs, a ver si aún existía una estatua de Nuestra Señora de Aparecida que yo había puesto ahí.

Después de echar la carta en el correo, pensé: "Qué tontería. Esta mujer nunca me ha visto, es sólo una lectora que me quiso decir algunas palabras agradables, y nunca va a hacer lo que le pedí. No va a tomar un auto, ni a conducir seis horas hasta el desierto, sólo para ver si todavía existe una imagen".

Poco antes de la Navidad de 1989, recibí una carta de Rita, la cual resumo a continuación. Ella escribió:

Sucedieron algunas maravillosas "coincidencias". Tuve una semana de asueto en el trabajo, debido al Día de Acción de Gracias. Mi novio y yo (Andrea, un músico italiano) estábamos planeando ir a un sitio diferente.

¡Entonces llegó la carta! Y el lugar que usted me sugirió estaba cerca de una reserva indígena. Decidimos ir allá.

[...]

Al tercer día fuimos a buscar Glorieta Canyon, y lo encontramos. Era justamente el Día de Acción de Gracias. Fue interesante porque íbamos muy despacio en el auto, y no vimos ninguna imagen. Llegamos al final del cañón, nos detuvimos y comenzamos a escalar la montaña, hasta muy alto. Todo lo que vimos fueron algunas sendas de coyotes.

A estas alturas, concluimos que no existía ninguna imagen.

[...]

Cuando estábamos regresando, vimos unas flores en las piedras. Detuvimos el auto y nos bajamos, y entonces vimos unas velas pequeñas que habían sido encendidas, una mariposa dorada de tela, y una cesta de mimbre al lado. Llegamos a la conclusión de que ahí debía ser el sitio donde había estado la santa, pero la imagen ya no estaba.

Lo interesante es que casi tengo la certeza de que cuando yo pasé por ahí antes no existía nada de esto. Sacamos una fotografía —anexa— y continuamos.

Cuando estábamos casi al final del cañón, vimos, de repente, a una mujer vestida toda de blanco, con esas ropas árabes, turbante, una larga túnica, caminando en medio de la carretera. Eso fue muy extraño: ¿cómo apareció una mujer en medio del desierto?

Yo pensé: ¿fue esta mujer quien colocó las flores y encendió las velas? No vi ningún auto y me pregunté a mí misma: ¿cómo llegó ahí?

Pero yo estaba tan sorprendida que no pude hablar con ella.

Miré la foto que me envió Rita: era exactamente el sitio donde había colocado a la santa.

Era el Día de Acción de Gracias. Y estoy seguro de que por ahí caminaban los ángeles.

Escribí este libro en enero-febrero de 1992, poco después del final de la tercera Guerra Mundial, donde los combates fueron mucho más sofisticados que los librados con armas convencionales. Según la Tradición, esta guerra comenzó en los años cincuenta, con el bloqueo de Berlín, y terminó cuando el Muro de Berlín fue derribado. Hubo vencedores, el imperio derrotado fue dividido y acabó exactamente como una guerra convencional. Lo único que no ocurrió fue el holocausto nuclear, y esto no sucederá nunca, porque la Obra de Dios es demasiado grande para ser destruida por el hombre.

Ahora, según la Tradición, una nueva guerra va a comenzar. Una guerra más sofisticada aún, de la cual nadie podrá escapar, porque a través de sus batallas se completará el crecimiento del hombre. Veremos dos ejércitos. De un lado, quienes todavía creen en la raza humana, en los poderes ocultos del hombre, y saben que nuestro siguiente paso está en el crecimiento de los dones individuales. Del otro lado estarán los que niegan el futuro, los que creen que la vida termina en la materia, e infelizmente, aquellos que, aunque tengan fe, creen que han descubierto el camino de la iluminación y tratan de obligar a otros a seguir esa senda.

Por eso los ángeles han regresado, y necesitan ser escuchados, porque sólo ellos pueden mostrarnos el camino; nadie más. Podemos compartir nuestras experiencias —tal como yo intenté compartir la mía en este libro—, pero no existen fórmulas para ese crecimiento. Dios puso generosamente Su sabiduría a nuestro alcance y es fácil, muy fácil encontrarlos. Basta permitir la canalización, un proceso tan simple que a mí mismo me costó mucho aceptar y reconocer. Como en su mayoría los combates tendrán lugar en el plano astral, serán nuestros ángeles de la guarda quienes empuñarán la espada y el escudo, protegiéndonos de los peligros y guiándonos a la victoria. Pero nuestra responsabilidad también es inmensa: en este momento de la Historia, a nosotros toca desarrollar nuestros propios poderes, creer que el Universo no acaba en las paredes de nuestro cuarto, aceptar las señales, seguir a los sueños y al corazón.

Somos responsables de todo lo que pasa en este mundo. Somos los Guerreros de la Luz. Con la fuerza de nuestro amor, de nuestra voluntad, podemos cambiar nuestro destino, y el de mucha gente.

Un día llegará en que el problema del hambre podrá ser resuelto con el milagro de la multiplicación de los panes. Un día llegará en que el amor será aceptado por todos los corazones, y la más terrible de las experiencias humanas —la soledad, que es peor que el hambre— será barrida de la faz de la Tierra. Un día llegará en que quienes toquen a la puerta la verán abrirse; los que piden recibirán; los que lloran serán consolados.

Para el planeta Tierra, ese día está todavía muy lejano. Sin embargo, para cada uno de nosotros, ese día puede ser el día de mañana. Basta aceptar un hecho simple: el amor, el de Dios y el del prójimo, nos muestra el camino. No importan nuestros defectos, nuestros peligrosos abismos, nuestro odio reprimido, nuestros largos momentos de debilidad y desesperación: si queremos corregirnos primero para después partir en busca de nuestros sueños, jamás llegaremos al Paraíso. Si, por el contrario, aceptamos todo lo que hay de equivocado en nosotros, y aun así creemos que merecemos una vida alegre y feliz, entonces estaremos abriendo una inmensa ventana para que entre el Amor. Poco a poco, los defectos desaparecerán por sí mismos, porque quien es feliz sólo puede mirar el mundo con Amor, esa fuerza que regenera todo lo que existe en el Universo.

En su libro *Los hermanos Karamazov*, Dostoievski nos cuenta la historia del Gran Inquisidor, que reproduzco ahora con mis propias palabras.

Durante las persecuciones religiosas en Sevilla, cuando todos los que no estaban de acuerdo con la Iglesia eran hechos prisioneros y quemados vivos, Cristo vuelve a la Tierra y se mezcla con la multitud. El Gran Inquisidor nota la presencia de Jesús, y manda prenderlo.

Por la noche, va a visitar a Jesús en su celda. Y le pregunta por qué decidió regresar justamente en ese momento. "Nos estás estorbando —dice el Gran Inquisidor—. A fin de cuentas, tus ideas eran muy bellas, pero somos nosotros los que estamos logrando ponerlas en práctica." Discute con Jesús, diciendo que aunque la Inquisición sería juzgada severamente en el futuro, era necesaria, y estaba cumpliendo su papel. De nada servía hablar de paz, cuando el corazón del hombre vivía en guerra; ni hablar de un mundo mejor, cuando había tanto odio y tanta pobreza en el corazón del hombre. De nada servía sacrificarse en nombre de toda la raza humana, porque el hombre seguía sufriendo sentimientos de culpa. "Tú dijiste que todos los hombres eran iguales, que llevaban la luz divina dentro de sí, pero olvidaste que los hombres son inseguros, y necesitan de alguien, necesitan de gente que los oriente. No estorbes nuestro trabajo, vete ya", dice el Gran Inquisidor, haciendo desfilar ante Jesús una serie de brillantes argumentos.

Cuando termina de hablar, hay un silencio muy grande en la celda de la prisión. Entonces Jesús se aproxima al Gran Inquisidor y lo besa en el rostro.

"Puedes tener razón —dice Jesús—. Pero mi amor es más fuerte."

NO ESTAMOS SOLOS. El mundo se transforma y nosotros somos parte de esa transformación. Los ángeles nos guían y nos protegen. A pesar de todas las injusticias, a pesar de que nos sucedan cosas que no merecemos, a pesar de sentirnos incapaces de cambiar lo que está mal en la gente y en el mundo, a pesar de todos los brillantes argumentos del Gran Inquisidor, el Amor sigue siendo más fuerte, y nos ayudará a crecer. Y sólo entonces seremos capaces de entender las estrellas, los ángeles y los milagros.

PAULO COELHO

Las Valkirias

Traducido a 71 idiomas y publicado en más de 150 países, Paulo Coelho es uno de los escritores más influyentes de nuestro tiempo. Nació en Río de Janeiro en 1947, y a temprana edad descubrió su vocación de escritor. Trabajó como periodista, actor, director de teatro y compositor. Inconformista e innovador, sufrió la crueldad del régimen militar brasileño. En 1987 publicó su primer libro, *El Peregrino (Diario de un mago)*, luego de recorrer el Camino de Santiago. A éste le siguió *El Alquimista*, un libro con que inicia su trayectoria internacional; vinieron después muchas otras obras, que han llegado al corazón de las personas en el mundo entero. Colabora con algunos de los medios más prestigiosos del mundo, y desde 2002 ocupa el asiento número veintiuno de la Academia Brasileña de Letras.